Alonso del Castillo y Solórzano

I0679435

Lisardo enamorado

Barcelona **2024**
Linkgua-ediciones.com

Créditos

Título original: Lisardo enamorado.

© 2024, Red ediciones S.L.

e-mail: info@Linkgua-ediciones.com

Diseño de cubierta: Michel Mallard.

ISBN tapa dura: 978-84-1126-425-9.
ISBN rústica: 978-84-96290-75-4.
ISBN ebook: 978-84-9953-302-5.

Sumario

Brevísima presentación

La vida
Alonso de Castillo Solórzano (Tordesillas, Valladolid, 1584-Zaragoza, 1648?). España. Su padre estuvo al servicio del duque de Alba. Escribió novelas cortesanas y picarescas, versos satíricos y jocosos, y obras teatrales influidas por Lope de Vega. Como poeta su principal obra es Donaires del Parnaso (1624-1625).

Castillo Solórzano fue un autor barroco que introdujo en sus novelas picarescas un escenario urbano y un protagonista femenino, sin la intención satírica propia de este género. Sus relatos están marcados por las novelas italianas.

Preliminares

Licencia del ordinario

Nos, el Doctor Pedro Garcés, Presbítero, por el Ilustrísimo y Reverendísimo Señor don Fr. Isidoro Aliaga, por la gracia de Dios y de la Santa Sede Apostólica, Arzobispo de Valencia, del Consejo de su Majestad, etc. Vicario General y Oficial en la presente ciudad y diócesis de Valencia; por cuanto de orden y comisión nuestra el padre Presentado fray Lamberto Novella, de la Orden de Predicadores, ha visto y leído con atención al presente libro, intitulado Lisardo enamorado, compuesto por don Alonso de Castillo Solórzano, y habérsenos hecho relación que no hay en él cosa por la cual no se deba imprimir; por tanto, por tenor de las presentes, damos licencia y facultad para que se imprima en la presente ciudad y Arzobispado. Y mandamos que antes que salga a la luz se lleve ante nos, para comprobar con su original. Dat. En el Palacio Arzobispal de Valencia, 29 de mayo 1628 años. Garcés, Vic. Gnl. De manda, de dicho señor Vic. Gnl., Matheo Calafat, Not.

Licencia

En este libro, intitulado Lisardo enamorado, compuesto por don Alonso de Castillo Solórzano, y aprobado por el Ordinario, no he hallado cosa alguna por la cual no se deba imprimir, antes he leído muchas muy agudas y curiosas dignas del ingenio de su autor. Y así con la presente, en razón de mi oficio, concedo y doy facultad para que se pueda imprimir en esta ciudad y Reino de Valencia. Y ordeno que después de impreso, y antes que salga en público, me la traigan para que pueda comprobarle con su original. Dada en Valencia a 30 de mayo de 1628 años. Mora R. Fisci, Advoc

Aprobación

El Presentado fray Lamberto Novella, Predicador general de la Orden de Predicadores, por comisión del muy Ilustre señor Doctor Pedro Garcés, Prior de Ruesta, Oficial y Vicario General del Arzobispado de Valencia, por el Ilustrísimo y Reverendísimo señor don Fray Isidoro Aliaga, Arzobispo de la misma Ciudad, he visto este libro, cuyo título es Lisardo enamorado, que ha compuesto con mucha erudición, y dispuesto con grave y elegante estilo, don Alonso de Castillo Solórzano, Maestresala del Excelentísimo señor Marqués de los Vélez, y me parece se le puede dar la licencia que pide, para que le dé a la estampa, porque, demás que no contiene cosa alguna contra nuestra santa fe Católica, ni contra las buenas costumbres, las historias que tiene las cuenta con tan buen estilo y buen lenguaje, que creo serán muy estimadas de los que las leyeren, y el su autor, ha ganado tan honroso nombre en su nación española y en las extranjeras, por los muchos libros que hasta hoy ha dado a la estampa de apacibles entretenimientos, en éste no ha desmerecido el aplauso del mundo, y creo será más estimada que todos. En este Real Convento de Predicadores de Valencia en 27 de mayo de 1628. El Presen. fr. Lamberto Novella,

Excelentísimo señor
Observaban siempre los antiguos escritores el dedicar sus obras a los grandes Príncipes, poniéndolas debajo de su patrocinio, para que fuese sagrado contra los mordaces y censuradores, pues menos que a tal asilo, atreviéraseles la maliciosa envidia, buscando ocasiones en que mostrar su dañado ánimo. Teniendo estos ejemplares de tan doctos varones, que con sus escritos dieron a la fama motivos para celebrarles por el Orbe sus aciertos, que hoy aplauden tan floridos Ingenios, bien hace el mío en imitarles, si no en la erudición, por ser humilde, en la elección de ofrecer a V. Ex. este trabajo suyo, para que con su protección corra seguro de tantos críticos, que se desvelan en desmenuzar hasta el menor ápice de lo escrito. Confieso a V. Ex. que, sin su favor, se hallara esta pobre barquilla mía en el golfo de la murmuración a riesgo de irse a pique; mas como otro Amiclas, voy fiado en el valor y feliz suerte de tal César, y así llegará segura al puerto de la piedad, donde tantos prudentes ingenios saben suplir las faltas, y disimular las obras. Dígnese V. E. de admitir esta ofrenda, pues ella por sí valiera poco sin los accidentes de la voluntad de quien la ofrece, y el consumado realce del generoso amparo de V. E., a quien guarde nuestro Señor, como deseo. Beso los Pies de V. Ex., Don Alonso de Castillo Solórzano.

Al lector

Carísimo lector, juez árbitro, en tu retiro, de cuanto esperan ver tus ojos en este pequeño volumen, ya llevados del deseo de entretenerte, o ya de la curiosidad de hallar qué censurarle. Una novela te presento, temeroso de lo que te ha de parecer, pues va preñada de muchas, su estilo no es tan cuidadoso, que se acoja a esto que llaman culto, ni tan relevante que le ignore por escuro el que le desea entender, porque no quiero que este libro se compre por no inteligible que estuviera a peligro de correr varias fortunas, hallando en él ignorancias apiñadas; su lenguaje es claro y, si humilde, con él han corrido otros de su mismo autor por manos de quien les ha honrado. No espera menos favor, aunque en ajeno reino, donde tan agudos ingenios saben honrar a los forasteros. Este espera en tus manos, para que con él se anime a dar a la estampa la Huerta de Valencia, libro de novelas, por hacer verdadero lo que predijo cierto culto en su opinión, que pronosticó en un prólogo fértiles años de ellas; verdad es, que hacía los profecías después de los sucesos por acertar mejor, o por tener calzado el ingenio del revés. El mío, aunque no sea tan fértil, desea tu divertimiento, dejándote gustoso en su final, que no fuera lisonjearte dártele tal, que la tuvieras por una de las desdichas de la vida. Vale.

DON GASPAR VIVAS Y VELASCO, Deán y Canónigo de la Aseo de Valencia y Subcolector Apostólico, diputado por nuestro muy, S. P. Urbano. VIII

> Mecenas español, que al otro excedes
> en conceptos sutil, en verso y prosa,
> pues solo en tu castillo ya reposa
> con sus Ninfas Apolo, a quien sucedes.
>
> El orbe navegar contento puedes,
> pues tu fama, corriendo victoriosa,
> la gloria te previene más gloriosa,
> con que a las Parcas y a su oficio vedes.
>
> Un Sabio Alfonso dio a Castilla el cielo,
> que el non plus ultra fue de aquella era,
> mas tus letras, Alfonso, en este suelo

el non le borran, y de tal manera,
que Apolo no dio al ave mayor vuelo,
cuando en su curso pasa aquella Esfera.

De DON LUIS CASTILLA DE VILLANOVA, Capitán de caballos
Si de un Castillo eminente
pende la seguridad,
de la menos fiel ciudad,
de la más robusta gente.
¿Qué crítico habrá que intente,
Lisardo, el daros enfado
tan galán y enamorado,
siendo para rebatillo
obra de tanto Castillo,
fuerza de tanto cuidado?

De VICENTE GASCÓN DE SIURANA
Palma, Lisardo, ha ganado,
pero no me maravillo,
saliendo de ese Castillo,
de discreto enamorado.
Como hijo del cuidado
de vuestro ingenio y valor,
no pudo salir mejor:
pues para que fuese solo,
os prestó su lira Apolo,
y sus plumas el amor.

De DON IUSEPE GIL PÉREZ DE BAÑATOS, Caballero del hábito de Montesa
Poco le vendrá a deber
a mi alabanza Lisardo,
cuando por Vos tan gallardo,
se ve al mundo amanecer.

Ni de Aristarco temer
debe crítica contienda,
pues, cuando mordaz le ofenda,
tiene su valor prudente,
en un Castillo valiente,
a Palas que le defienda.

De MONSERRAT DE CRUYLLAS, Caballero del hábito de Montesa
Cedan a tu elocución
cuantos con mudo pincel,
dieron materia al papel,
y a la fama admiración.
La elocuente erudición,
que para envidiarte has dado
nadie la hubiera intentado,
aunque su ingenio alentara,
que solo el tuyo pintara
un Lisardo enamorado.

De MOSEN ABDON, CLAVEL
El ave eres que examina
al Sol sus hijos, gloriosa
estirpe, y Apolo hermosa
luz, y a padre te destina.
Rayos; Lisardo fulmina,
su ardor le bebe, eternice
tanta luz, pues que predice
tu estilo y grave cultura,
o que humanes su luz pura,
o él la tuya, divinice.

De MOSEN COSME DAMIAN TOFIÑO
Sale de un Castillo fuerte
con espíritu gallardo,

a solicitar Lisardo
el buen logro de su suerte.
No hay temer que desacierte,
que aunque es valiente, se humilla,
y da, nueva maravilla,
con glorioso desempeño,
inmortal nombre a su dueño,
como él le da a su Castilla.

De HYACINTO NAVARRO
    Críticos que reprender
no tenéis, sí que admirar,
pues al daros que envidiar,
también os da que aprender.
Don Alonso pudo ser
de obra tan alta caudillo,
pero no me maravillo
pues libra bien en Lisardo,
si respeto a su resguardo,
envidias a su Castillo.

De DON FRANCISCO DE TAMAYO Y PORRES
    Don Alonso, de Lisardo
escribís varios sucesos,
y con felices progresos
le hacéis en todo gallardo.
El de ingenio culto y tardo
admirará vuestro estilo;
no temáis de Momo el filo,
que, quien como vos escribe,
seguro de ofensas vive
de Aristarco y de Zoilo.

De MARCO ANTONIO DE ORTIN, Secretario de la ciudad y reino de Valencia

Si enemiga detracción,
que de envidias se mantiene,
armas, contra vos, previene
de loca murmuración,
cuando fortificación,
sabio don Alonso, admira
en vuestro Castillo, y mira
el triste fin que la aguarda,
temerosa, se acobarda,
y cobarde, se retira.

De DON HYACINTO FERNANDEZ DE TALAVERA Y ARIAS

Lo dulce, y lo provechoso
tan doctamente juntáis,
que a la perfección llegáis
de lo más dificultoso.
Al vil Zoilo envidioso
dejadle, no os dé cuidado,
que antes bien considerado
su furor es vuestra dicha;
porque es la mayor desdicha
no ser de nadie envidiado.

Libro I

Con las negras sombras de una oscura y tenebrosa noche, caminaba el enamorado Lisardo, acompañado de más penosos pensamientos, verdugos crueles de su alma, que de criados de la ilustre y noble casa de sus padres, pues con solo uno, fiel archivo de sus secretos y segura guarda de su persona, iba camino del Reino de Valencia, dejando a toda prisa a Madrid, amada patria suya, Corte insigne del Católico Filipo, cuarto deste nombre, ínclito monarca de las dos Españas. En esta insigne villa tenía Lisardo su antiguo solar y calificada casa siendo el primogénito en ella y sucesor de un cuantioso mayorazgo que al presente poseía su anciano padre.

Iba el afligido caballero tan cercado de confusiones como abrasado de rabiosos celos. Era la causa de su pena, y el desvelo de sus cuidados; la hermosísima Gerarda, raro milagro de la naturaleza, único fénix de la beldad y recreo de los ojos de la juventud cortesana. Sus primores, sus gracias y donaires, eran sumamente celebrados en la Corte, sin que a ninguna de sus perfectas partes hubiese hermosura que las competiese, ni discreción que con la suya emulase. De conocer Lisardo en este prodigio de belleza con tanto cuidado la estimación general que todos hacían de tan perfecto sujeto, nacieron los desvelos y temores, causa de su inquietud y de la que le obligaba a dejar su patria, ofendido de ver ingratamente pagada su firme fe y su estable perseverancia.

Caminaba con algún recato en un alentado rocín, y Negrete, que así se llamaba su fiel criado, en otro, cuyos portantes, si bien eran a propósito para la fuga que hacían, temerosos de la justicia, se ofendía Lisardo de su velocidad, que, aunque ofensas le desterraban de su patria, no quisiera que con tanta ligereza le alejaran della. Toda la noche caminaron sin entrar en poblado hasta que vino el aurora, con cuya venida, por dar descanso a sus cuerpos y pasto, a rocines, les fue forzoso entrar en una pequeña aldea diez leguas de donde habían salido.

Apeáronse en un mesón y, pidiendo una cama, Lisardo, más para pasar recostado en ella lo que durase el día, que, para elegirla por su reposo, en ella se echó, donde entre mil penosas imaginaciones, le venció el sueño.

Bien habría dos horas que daba tributo a Morfeo, si bien con alguna inquietud, cuando, llegado el mediodía, el rumor que oyó en el mesón de gente que en él se apeaba, le despertó. Estaba en su aposento otra cama, la cual se le dio al nuevo huésped, que poco había que llegara; quiso comer allí, y para esto entró el huésped a decirle a Lisardo tuviese por bien que allí se alojase el recién venido caminante. Mucho quisiera el gallardo caballero que se le diera otro aposento al huésped; pero la casa era tan corta, y así mismo el caudal en tener camas, por lo cual hubo de condescender Lisardo con su gusto, aunque con cuidado le preguntó antes al mesonero si sabía de donde venía el forastero, a que le respondió que, de la ciudad de Cuenca y que pasaba a Madrid, con que se aseguró Lisardo.

Entró a este tiempo el caminante, y, apenas le saludó, cuando fue conocido de Lisardo ser don Félix de Vargas, íntimo amigo suyo, con quien se había criado desde las escuelas hasta aprender la latinidad, y había que estaba ausente de la Corte doce años, asistiendo todo este tiempo en Flandes en servicio de su Majestad, a las órdenes de la serenísima Infanta doña Isabel, que gobierna aquellos estados con el acertamiento que siempre se esperó de su prudencia y valor.

Abrazáronse los dos amigos con extrañas muestras de amor y, después de haberse preguntado por sus saludes y las de sus padres, don Félix le dio cuenta a Lisardo de como era capitán de caballos en Flandes, y que esta merced le había hecho la señora Infanta por sus servicios, que los tenía muy buenos de las ocasiones en que se había hallado, donde había procurado cumplir con sus obligaciones que a su ilustre sangre debía. Después de haber don Félix dado cuenta a su amigo Lisardo del estado de sus cosas, le pidió que él la diese de su vida y del camino que hacía dejando su patria.

Aquí le dijo Lisardo que era para más espacio el tratar de sus cosas, y que así era bien que primero se diese orden en que comiesen. Hízose así, y, siéndoles servida la comida, que fue breve por venir sin prevención alguna, en tanto que los criados de don Félix y Lisardo comían, se quedaron los dos amigos en el aposento donde habían comido, y, ocupando los dos la cama en que Lisardo había reposado, le oyó don Félix estas razones:

—Por extraña novedad tendrás, ¡oh amigo don Félix!, que, éste que lo es tanto tuyo, salga fugitivo de su patria, cuando por nuestra frecuentada correspondencia tenías larga noticia de mi amoroso empleo. Pues advierte que, no hay seguridad que dure, ni correspondencia que esté firme en un ser mientras estuviere en el flaco sexo de las mujeres su apoyo, que, como amigas de tantas novedades, lo que hoy aman mañana lo aborrecen, y de lo que ayer se pagaron hoy lo desprecian. Escúchame atento el largo discurso de mis amores, que, aunque a pedazos, te he hecho partícipe de él, como amigo íntimo, hoy engarzado quiero que todo junto lo escuches.

Sentóse en la cama, y habiéndose sosegado un poco, prosiguió así:

—La sazón del año en que la primavera viste las umbrosas selvas de verdes, libreas y esmalta los amenos campos de vistosas flores era, cuando por el mes de mayo goza la beldad y la juventud de la Corte en sus mañanas las recreables salidas que hacen a su río, aunque corto de caudal, el más célebre de las dos Castillas. En uno destos festivos y alegres días, salí con otro amigo, más llevado de la curiosidad que de cuidadosos deseos, a gozar de la frondosa ribera del Sotillo que llaman de Manzanares, en cuyo ameno sitio vimos el primor de la hermosura cifrado en las bizarras damas que entonces ocupaban las márgenes del claro río, que, por haberle sido el pasado invierno favorable con pluvias, estaba más caudaloso que otros años. Allí los amantes, avisados de su cuidado, o favorecidos de su dicha, gozaban en las verdes orillas del cristalino río las presencias de sus amados dueños, que, con la licencia que permiten las salidas al campo, depuesta la autoridad de los chapines, le secundaban, pisándole con menos embarazoso calzado, con que se manifestaban mejor los buenos talles, que ya en esto hubiese andado la naturaleza avara, suplía el buen aire y adorno de las galas el disfavor que se les había hecho.

Dos veces pasamos la ribera, divertida la vista en lo mucho que en ella había que notar, cuando, desde el verde soto, vimos que vadeaba el río una hermosa carroza para pasar a la opuesta orilla, con deseo que llevaban los que en ella iban de pasar a gozar la amena recreación de la casa del campo, quinta de los reyes de España que hizo el monarca Felipe II, donde el arte vence a la naturaleza en amenidad de jardines y en escultura de pórfido y mármoles que adornan varias fuentes. Pasaba, como os digo, esta carroza el celebrado río, cuando cuatro frisones que la conducían comenzaron a rifar unos con otros en medio del más caudaloso y veloz curso de las aguas y fue de tal suerte que, embarazado el cochero con su desasosiego, fue retirando la carroza a parte donde, por la desigualdad del suelo, se vino a volcar en el agua a vista de los que, con atención, vían este fracaso. Las voces de los que iban en la carroza, y así mismo las que daban los que miraban su daño, hacían una notable confusión a los oídos. Halléme con mi amigo casi frontero de donde se había volcado, y pareciéndome que por las damas me podía aventurar a cualquier peligro, arrojando la capa y espada en la verde yerba, y haciendo lo mismo mi camarada, nos entramos en el río a favorecer a los que en él peligraban. Llegué yo el primero, a tan buena ocasión que, pude sacar del agua una dama de las que más necesitaban de socorro, porque, yendo al estribo de la banda donde la carroza se había volcado, era la que más peligro tenía de ahogarse, y así la saqué en mis brazos, casi sin sentido alguno a la orilla. Mi camarada hizo otro tanto con otra, y así, sin ayuda de nadie, sacamos hasta cinco mujeres, las dos dellas ancianas, y las tres sin comparación hermosas. Socorriónos un caballero que se halló allí con su coche, donde metimos estas damas, y nosotros nos fuimos, en la carroza que se había volcado, detrás dellas hasta su casa que era en los barrios de San Bernardo. Iban todas asustadas de lo que les había sucedido, en particular la que primero saqué del agua, de suerte que, con el sobresalto, aun no habían tenido atención a mostrársenos agradecidas.

Llegaron a unas principales casas de aquella anchurosa calle donde se apearon con nuestra ayuda, no yendo aun en su sentido la que yo libré del peligro primero que a las demás, por ser la que más padeció en aquél corto naufragio. Allí pudo su madre, ya cobrada del pasado susto, darnos las gracias del socorro que las habíamos hecho tan a buen tiempo, por sí y por su hija, que lo era esta hermosa dama a quien mi amigo y yo llevamos en nuestros brazos hasta su cuarto, y dimos lugar a que la acostasen en una cama, deseando hacer lo mismo las demás. Despedímonos los dos dellas ofreciéndonos a su servicio, y la madre de aquella dama que iba sin sentido, que era una señora anciana y viuda, estimó de nuevo nuestro ofrecimiento, diciéndonos que tendría a mucha suerte el conocernos más de espacio, para agradecer con el conocimiento más la deuda en que les dejamos, y que así nos pedía la volviésemos a ver a ella y aquellas señoras vecinas suyas, que querían vernos para más larga comunicación. Yo le dije que ese era interés nuestro, y que así la obedeceríamos en lo que nos mandaba, con que nos despedimos yendo yo aficionado sumamente a la incomparable hermosura de la dama desmayada.

Bien se pasaron ocho días que no las visité, si bien en todos estos acudió un criado mío a saber de la salud de la hermoso Gerarda, que éste era su nombre, la cual estuvo todo este tiempo en la cama: tal la dejó la peligrosa caída de la carroza. Parecióme sería ocasión de irla a visitar, y así, avisando a mi camarada, fuimos a ver aquellas señoras en el mismo día que Gerarda se había levantado. Hallámosla, aunque quebrado el color, notablemente hermosa, que, sin exageración, lo es más que cuantas damas hay en la Corte.

Recibiónos su madre cortés y afablemente y ella así mismo, si bien con aquel encogimiento y recato que su estado pedía; hablamos en la conversación que hubo así del pasado peligro como de varias cosas que se ofrecieron, y en toda ella habló muy pocas palabras la hermosa Gerarda, y esas tan a tiempo y con tanta prudencia, que nos dejó a los dos admirados, y a mí mucho más enamorado. Bien quisiera yo que hubiera lugar para decirla mi pensamiento, mas por entonces no le hubo, por asistir allí su madre cerca della. Preguntónos la anciana señora si éramos naturales de Madrid. Yo, que hablé primero, le di cuenta de quién era, con que se holgó mucho por conocer bien a mis padres. Mi amigo le dijo su patria, que era Vizcaya, y la causa que le obligaba asistir en la Corte, que eran unas pretensiones. Con las dos relaciones se satisfizo la madre de Gerarda de que éramos personas principales, lo cual me dio atrevimiento a suplicarle nos diese licencia para volver a visitarla otras veces, a que respondió con mucho agrado que eso había de nacer della el pedirlo, pues también le estaba que la hiciesen merced personas tan calificadas a quien tanto debía estar agradecida, con lo cual nos despedimos, dándome, a la despedida, Gerarda, las gracias de nuevo, del socorro que la había hecho, a que respondí en voz baja:

—Hermosa señora bien le ha menester de vos quien, por dárosle, está puesto en mayor peligro, y así es justo que tal deuda se pague.

No hubo lugar de hablarnos más; pero esto bastó para principio de declararle mi intención. Subimos al cuarto alto donde estaban las amigas desta señora: que juntamente sacamos del río, y allí tuvimos un rato de conversación corto, porque, como yo no estaba en mi centro y amaba ya con veras, todo lo que no era estar en presencia de Gerarda, gustara de pasarlo en soledad. Despedidos de allí, traté luego de saber la calidad de quien había ya elegido por dueño de mi alma, y supe la que bastaba para estimar alcanzarla para esposa. Su padre había sido capitán de caballos en Flandes, en tiempo del Duque de Alba, a quien el prudente y católico rey Filipo segundo honró con él hábito de Santiago. Esto supe por mayor, si bien de la hacienda no hice información alguna, pareciéndome ventajoso dote para mí el de la calidad junta con tanta hermosura.

No hay amante que, si lo es de veras, no tenga mil dudas y temores de su pretensión, y así los había en mí, temiendo que el acudir a menudo a casa de mi Gerarda la había de ofender así a ella como a su madre, y desta manera me privaba de mi gusto, deseando no dar nota en la calle cuando no tenía el beneplácito de Gerarda para servirla, y deseaba hallar ocasión en que manifestarla con más espacio mi amoroso cuidado, ofreciómela mi buena suerte como la podía pedir. En la fiesta que se hacía en una iglesia, cerca de los barrios de mi dama, se halló ella de embozo con las amigas vecinas del cuarto alto sin que las acompañasen sus ancianas madres, acerté a estar sentado cerca de donde ellas habían tomado asiento. Una amiga de Gerarda envió a una criada suya que de su parte, sin decir quién era, me dijese que unas damas deseaban que me llegase más cerca dellas que deseaban hablarme. Yo la respondí que en las iglesias era muy grosero en no obedecer tales mandatos, por parecerme que, los templos se hicieron más para la oración que para hablar en cosas ajenas desto, que, si fuera de la iglesia gustaban que yo les besase las manos y acudiese a lo que fuesen servidas de mandarme, me avisasen de su gusto, y que, si importaba ser secreto, que yo tenía la casa de un amigo allí donde me podrían hacer merced, y cierto, amigo, que, aunque sea paréntesis de mi discurso, es la mayor lástima del mundo ver lo que desto pasa en la Corte, sin que haya remedio para quitar esta perniciosa costumbre tan introducida, que más parecen templos de gentiles los que hay en ella, que de cristianos con lumbre de fe; pero esto, remédienlo aquellos a quien toca, que no harán poco servicio a Dios y amistad a los que, castigados, escarmentaren.

Vuelvo al hilo de mi historia, y digo que, la criada volvió a las damas con la respuesta de su recaudo, y hubo entre ellas, como después supe, varios pareceres, condenándome algunas por grosero, sino pecaba en hipócrita, pero mi Gerarda aprobó por buena mi respuesta, y le pareció acertada la consideración de no querer profanar con pláticas ociosas el sagrado lugar dedicado para solo alabar a Dios, y así se determinaron a que fuera de la iglesia, acabada la fiesta, me hablarían, y con este acuerdo volvió la criada a darme el recaudo. Llegóse el tiempo, habiéndoseme hecho bien largo porque estaba con mil dudas vacilando quién serían aquellas damas, y muchas veces presumía en que podría ser Gerarda una de ellas, aunque su demasiado recato me hacía dudar en esta presunción. Al fin, por salir destas confusiones, yo me puse a la puerta de la iglesia, donde, al salir las cuatro mujeres, una dellas me hizo una seña, con que las fui siguiendo hasta una callejuela angosta sin salida: allí se pararon, y yo, llegando entonces, las dije estas razones o otras equivalentes a ellas:

—Juzgarán vuesas mercedes a hipocresía, sino a grosera respuesta, la que le di a su recaudo, cuando experimentan cada día en tales lugares diferentes condiciones en este particular, que no reparan en el escándalo que dan a los que miran su poca consideración; yo he tenido la que debo al sagrado templo, y, mirado esto con buenos ojos, sé que habrá parecido acertada mi opinión.

Tomó la mano la hermosa Gerarda para hablar, aunque no conocida de mí por entonces, y díjome:

—No nos ha parecido mal, señor Lisardo, vuestro respeto y considerada advertencia, si la nuestra no pasara a notar cuán ajena es de tanta mocedad, por donde venimos a presumir que, alguien que merezca más que las que estamos aquí, es causa de que reparéis más en dar la pesadumbre con celos, que en profanar el templo hablando en él con mujeres. Si esto es así, no le habrá faltado cuidado para haceros seguir, y no querríamos que, la merced que nos hacéis aquí sea a costa de su sentimiento y a peligro de que perdáis su gracia. Nuestro intento fue entretener un poco la tarde hablando con vos una de estas señoras que lo desea, pero yo sé cierto que mirarán vuestra razón de Estado para que no perdáis el feliz que poseéis en vuestro empleo, que, de vuestro gusto, juzgo que será bueno.

—El que más bien me puede estar —dije yo—, es el que de presente gozo, estimando la merced que me quiere hacer quien decís, bien sin cuidado de que a nadie se le dé que yo hable aquí o en otra parte, porque no tengo quien me cele ni haga seguir los pasos, que, quien yo deseara que lo hiciera, aun a penas llega a saber cuánto la deseo servir, con que os asegura quien, tan a los principios de sus favores está, que éste le haga cuidando de saber por dónde anda.

—Todos decís eso —dijo otra dama—, y es porque no queréis dejar pasar ocasión alguna destas, que a tener seguridad de ser verdadero lo que os oímos, fuérades un prodigio en esta Corte, pues galán sin tener nadie que le favorezca y estime, se me hace muy difícil de creer.

—Con certeza os puedo asegurar lo que os digo —le repliqué—, y así os suplico os sirváis de que sea favorecido en que os vea los rostros.

—¡No nos faltaba otra cosa —dijo Gerarda—, ya que os hemos hecho salir de la iglesia, sino que relajáramos vuestra virtud! ¡No lo permita el cielo, que también somos cristianas y con asomos de religión, sino tanta como la que habéis mostrado tener!

—Frívola excusa dais —dije yo—, por donde juzgo en el donaire que hacéis de mí que habréis presumido ser hipócrita en el sacaros de la iglesia a este puesto.

—No digo tal —dijo Gerarda—, aunque lo parece; pero por el escrúpulo que habemos concebido de que os haremos aquí daño, quedaos con Dios.

Y diciendo esto, me pidió con grandes encarecimientos que no pasase de allí a acompañarlas, que otra ocasión habría en que me hablasen más de espacio, que querían ver si cortés les obedecía en lo que me mandaban. Con esto me hube de quedar allí diciéndoles:

—Préciome tan de cortés como de obediente, y no porque me está bien el que no os acompañe, sino porque quedo haciendo lo que me mandáis, con muy ciertas esperanzas de que me favoreceréis otro día como decís.

Con esto se fueron y yo me quedé en aquel sitio, si bien hice una seña a un criado mío para que las fuese siguiendo. El, que no era lerdo, sino muy experimentado en semejantes ocasiones, las siguió, y volvió a decirme haberse entrado en casa de mi querida Gerarda, con que quedé el hombre más contento del mundo, determinando ir el siguiente día a visitarla.

Aquella noche se me hizo un año, culpando al tiempo de tardo, que, para con los deseos de amante, tiene pies de plomo y no hay velocidad alguna que le satisfaga.

Llegó, pues, el deseado día y la hora de mi visita, que fue a las cuatro de la tarde, y hallé a la hermosa Gerarda y a la anciana doña Teodora su madre, que estaba con otras dos señoras, amigas suyas, en visita, por cuya causa fue más breve la mía que quisiera. Culpóme la madre de Gerarda en no haber ido a verlas aquellos días, que yo estimé en mucho, por parecerme que, donde se dan quejas de poco visitadas, hay deseo de serlo, y que no cansaba mi presencia.

Por si no había ocasión de hablar a solas a mi Gerarda, como en otras me había sucedido, llevaba escrito un papel en que le manifestaba mi pensamiento, y éste, al levantarme de la silla, que estaba junto al asiento de mi dama, le dejé caer cerca della, de modo que no pudo ser visto de nadie sino de Gerarda. Y porque no fuese hallado de otra persona, vi que con cuidado le alzó del suelo y se le metió en la manga, dejándome gustosísimo ver cuán bien se me había logrado mi deseo. Lo que contenía el papel eran estas razones que no he perdido de mi memoria:

Cuanto mayor es el conocimiento que tengo, hermosa Gerarda, de lo que merecéis, tanto mayor es el temor que me acobarda para tomar la pluma y manifestaros el cuidado que desde el primero día que os hallé en aquel peligro me ha dado vuestra vista, pronto me dispuse a serviros, sin advertir que, del centro del agua pudiese haber salido tanto fuego como abrasa mi enamorado corazón. Dueño sois dél, como de muchos que por víctimas se os ofrecen en las aras de esa belleza, pero a ninguno cede la ventaja el mío en adoraros con más estimación y decoro. Para que comience a tener méritos esta fe, os da cuenta de los que le sois deudora; admitid en prendas tan pura voluntad, tan rica en deseos y tan dispuesta a serviros, mereciendo respuesta déste, quien, con tan firme fe, se llama ya esclavo vuestro. El cielo os guarde.

Retiróse Gerarda, ida la visita, a leer el papel, según supe después, y consultando con su severidad y recato la respuesta dél, no ayudó nada la dilatada cuanto mala opinión que algunos hijos de Madrid tienen, que, con fingidas apariencias de amantes han burlado a muchas mujeres que, con fácil crédito les han hecho favores y, escarmentando en ajeno daño, Gerarda, sospechosa de que yo fuese uno destos, quiso que la experiencia y el tiempo la asegurasen estas dudas, y así me respondió el papel que oiréis, que también tengo en la memoria y decía así:

Las leyes de mi severa condición llegan a romper mi agradecimiento y cortesía. El, para conocer la acción pasada de vuestro generoso y noble ánimo, y ella para no dejaros sin respuesta de vuestro papel, deseando que, con más verdad y menos lisonja, diérades sin ponderación la que le toca al conocimiento de mis pocos merecimientos y al temor que me significáis haber tenido de los efectos de aquel peligro en que fui socorrida de vos. No creo nada por parecerme estar imposibilitada de hacer tales milagros, y porque lo fuera en vos sujetaros a rendimientos de amor, cuando tan poco se usa tener, y así, incrédula de vuestras ponderaciones, os pido excuséis la nota que podréis dar con el mentido cuidado, como lo hacéis en los templos con la verdadera virtud.

En la última razón confirmé ser Gerarda la que me había hablado fuera de la iglesia, y quedé con el severo papel algo desconfiado de mi impresa, y mucho receloso de que tenía prendada la voluntad. Este papel me dio un escudero anciano de su casa, y, queriendo sobornarle con dádivas, le hallé más recto que un ministro nuevo, y más severo que un suegro avaro. Procuré todos los medios posibles para darle otro papel, pero no fue de provecho, que jamás hallé ocasión para esto con lo cual estaba tal que perdía el juicio. Comuniqué con aquel amigo el estado de mi afición y cuán imposible era hallar modo para proseguirla por la esquiva condición de Gerarda. Este me aconsejó que, a costa de mi sufrimiento, procurase no pasar por su calle, ni visitarla en su casa, por ver si con esto mudaba de propósito; pero que no dejase, junto con este fingido desamor, de acudir de noche embozado en su calle, procurando no ser de nadie conocido, para ver si a ella acudía algún pretensor a quien mostrase voluntad. Hícelo así, procurando de allí adelante asistir a todas las fiestas públicas donde se hallaba, sin el cuidado que otras veces afectaba, por saber donde estaría, sino muy divertido con otros amigos. Pasáronse dos meses en que observé el consejo del amigo, si bien se me hicieron dos siglos. En este tiempo se ofreció encontrarse un criado mío, conocido de Gerarda y de su madre, con las dos, a quien doña Teodora preguntó por mi salud, quejándose del olvido que tenía de su casa, no visitándolas, a que respondió que, negocios forzosos me estorbaban el acudir a mis obligaciones. Interrumpió esta plática Gerarda, diciendo al criado:

—Por ahí se dice que se nos casa el señor Lisardo, y esa ocupación sola tiene de disculpa al mal pago que ha dado a la voluntad de mi madre.

—No pienso que, por ahora, le pasa por el pensamiento eso —dijo el criado—, porque, cuando lo intentara, a nadie diera primero parte de su empleo sino a mi señora doña Teodora que la tiene respeto de madre.

Con esto se despidió dellas y vino luego a darme cuenta de todo lo que le había pasado, con que me alegré mucho, echando de ver que iba obrando mi descuido en Gerarda. En todas las noches que acudí a su calle, siempre hallé músicas en ella que se le daban debajo de sus balcones y las más destas le llevaba un don Fadrique de Peralta, caballero navarro que asistía en Madrid a sus pretensiones y estaba muy enamorado de Gerarda, si bien tenía menos entrada en su casa que yo.

Entramos en consulta mi amigo y yo sobre lo que haría en este empleo, visto el cuidado con que había preguntado por mí, acusándome el descuido de verla, y salió acordado della, por parecer del amigo, que pasase otros quince días con mi olvido adelante, teniendo el mismo cuidado de no hallarme donde ella estuviese.

En este tiempo se ofreció tener una prima mía ausente a su esposo, y porque la acompañase en tanto que duraba su ausencia, pidió a mi madre me mandase ir a ocupar un cuarto bajo de su casa, cosa que hice de mala gana por obligarme su recato a irme a recoger más temprano que acostumbraba. Pocos días había que vivía mi prima en el fin de la calle de Gerarda, en casas propias que su esposo había labrado, y tenía mi dama, desde que se pasó a vivir a sus barrios, apretada correspondencia con ella, cosa que me estuvo muy bien, como adelante oiréis.

Acudían a visitar a mi prima a menudo su madre y ella, pagándoles mi prima las visitas con mucha puntualidad, pero en todas ellas, nunca Gerarda me tomó en la boca, si bien su madre acusaba mi descuido en no las ver, con algún sentimiento, disculpándome mi prima con los divertimientos de hombre mozo.

Supe un día que había de verse Gerarda con mi parienta sin su madre, porque ella iba a una visita de cumplimiento, y, para examinar curiosamente lo que en ella tenía, con acuerdo de mi amigo, di parte de mi afición a mi prima para ejecutar lo que oiréis. Estimó el declararme con ella, ofreciendo ayudarme en cuanto de su parte fuese posible; pero yo la supliqué no hiciese otra cosa con ella sino que, con achaque de hacerla ver su casa, bajasen a mi aposento y no dejasen en él cosa que no viesen y buscasen, dándole parte de que mi curiosa prevención era para saber del todo su voluntad.

Vino, pues, Gerarda a visitar a mi prima y, habiendo estado con ella dos horas largas sin tratar de mi nada, tanto era el cuidado que había puesto en esto, quiso darla a merendar, y, mientras las criadas lo prevenían, la dijo muy falsa, si quería ver su casa, que se holgaría de ver cuán bien acabada estaba. Gerarda la respondió que tendría mucho gusto dello, que se la había alabado mucho su madre. Tomáronse de las manos las dos y vieron muy de espacio el cuarto alto que mi prima vivía, y queriendo mostrarla el que yo habitaba, de propósito le halló cerrado, y estando junto a la puerta dél, dijo mi prima:

—Yo apostaré que Lisardo aun no debe de haber salido de casa; espera, amiga: verélo por el hueco de la llave.

Hizo que lo miraba con cuidado, y díjola, advertida de lo que había de hacer:

—No está aquí mi primo y se ha llevado la llave, cosa nueva en él, porque siempre nos la deja su criado para aderezarle su cuarto.

—Debe de tener en él cosa que le importe —dijo Gerarda.

Aquí replicó mi prima:

—No sé, amiga, qué te diga en eso; novedad se me hace el dejarle cerrado. Pero en cuanto a haberlo hecho por alguna mocedad suya, será sin mi gusto, porque sabe que es lo primero que le supliqué cuando vino aquí a hacerme compañía.

—No todas veces se cumple lo que se promete —dijo Gerarda.

—Pero, para asegurarnos desta sospecha, yo tengo llave maestra que hace a todas las puertas de casa, y con ella abriré, si bien dudo que la halle, porque no sé bien donde la dejó mi esposo.

—Por tu vida, amiga, que la busques —dijo Gerarda—, que deseo veamos lo que hay dentro.

Subieron arriba y fingió mi prima que buscaba la llave y que no la hallaba, de lo cual mostraba pena Gerarda. Finalmente, después, buscándola por todas las gavetas de un escritorio, dio a entender que la había hallado, de que recibió no poco gusto Gerarda. Bajaron luego a mi cuarto y, abriendo, buscaron en él lo que las tenía sospechosas; pero como no hallasen dentro nadie, dijo mi prima:

—¡Válgame Dios; pues por algo dejaría Lisardo esto cerrado!

—Si no es por estar abierto aquel contador —dijo Gerarda—, no hallo causa porque lo haya hecho.

—Tienes razón —replicó mi prima—, que eso es sin duda alguna.

Comenzaron a buscar todo lo que había en las gavetas del contador y hallaron en ella unos papeles de letra de mujer, que de propósito habíamos hecho escribir a una dama conocida de mi amigo, de la manera que él se los notó, que fueron como de correspondencia asentada entre dos amantes. Mirándolos todos, hallaron uno, que era custodia de un hermoso retrato de mujer, que se puso allí con la misma cautela entre los papeles y era de una dama de Toledo. Miráronle con mucha atención y la misma puso mi prima Gerarda por ver qué semblante mostraba a lo que tenía presente, y conoció dél bastante turbación, para habérsele mudado, con no pequeña demostración de tristeza, con que se alegró sumamente mi prima diciéndole:

—Bien decías, hermosa Gerarda, que esto era la causa de haber cerrado Lisardo su cuarto. Nunca yo he presumido dél lo que agora veo: debe de ser, sin duda, por lo mucho que es recatado; pero lo más cierto es, que la dama no debe de ser de aquí, que, a estar en esta Corte, no dejara yo de saber su empleo.

—Si es, como decís, tan recatado —dijo Gerarda—, en tan gran lugar como éste, bien se puede servir una dama, sin que se sepa. Pero de ello nos informarán mejor estos papeles, que, deben de ser del dueño deste retrato, el cual nos asegura que debe de ser hermoso su original, si el pintor no ha andado lisonjero, como muchos que lo son a costa de sus opiniones.

—Tengo por tan curioso a Lisardo —dijo mi prima—, particularmente en lo que toca a la pintura, de que se le entiende mucho, que no tendrá en su poder cosa que no sea muy perfectamente acabada. Y si él se comunica con el original, como será cierto, no hay duda sino que será muy fiel la copia.

—Pocas mujeres he visto —dijo Gerarda—, que excedan en belleza al dueño deste trasunto y, si mal no me acuerdo, pienso yo que le he visto en esta Corte.

—Bien podrá ser —dijo mi prima. Y, fingiendo recato, prosiguió—: Paréceme que siento ruido, y no quisiera, por cuanto hay en el mundo, que viniese Lisardo, y nos hallase metidas en esta impertinente curiosidad, que cuanto es cortés y afable, es insufrible si se enoja, y así me parece que guardemos estos papeles en el lugar donde estaban, que, con la llave que tengo, no faltará ocasión para verlos despacio otro día.

—Eso, ¿cómo será posible —dijo Gerarda mostrando gana de leerlos—, si él se lleva la llave deste contador?

—Dices bien —dijo mi prima—; que no había reparado en tanto con la turbación de temer que vendría; mas porque se lean, yo me pondré a esta reja, que cae a la calle, y de allí veré si viene, que, desde que le descubra la vista a la entrada de la calle hasta que entré en casa, hay tiempo para guardarlos y subirnos a mi cuarto.

Con esto se puso a la reja, y Gerarda no estaba ociosa, que a toda prisa iba leyendo los papeles, tan ocupada en ello, que mi prima, desde el lugar donde estaba, pudo notar de su curiosidad recelosa, las acciones de su rostro, mudándole de mil colores, al paso que iba leyendo los fingidos favores de cada papel. Dejó mi prima de ser centinela de mi no esperada venida, al tiempo que Gerarda estaba leyendo el último papel, que era cubierta del hermoso retrato y entre las dos vieron en él estas razones, que, por quedarme en la memoria, os las diré:

Esta copia de quien os adora va donde el alma de su original asiste; déjame envidiosa en que goce más tiempo de vuestra compañía que de su dueño. En su igual semblante, manifiesta mi firmeza para consuelo de lo que siento el no teneros siempre presente. Os pido correspondáis a la obligación de su visita pagándola con otro retrato vuestro, que, en conformes voluntades, no quiero que me quedéis a deber fineza, cuando es exceso en mí el anticiparle a hacerlas. Dios os guarde más que a mí. Vuestra hasta la muerte.

Con este papel no pudo Gerarda más con su disimulación, sino que, manifestando su encubierto amor con la punta de los celos, comenzó a suspirar sentándose en una silla con el papel y retrato en la mano, dejando admirada a mi prima cuanto contenta de esta acción que veía. Preguntóle qué tenía, y ella, comenzando a derramar algunas lágrimas, que no hay duda sino que serían finísimas perlas, dijo:

—¡Ay amiga, cuán mudables nos llaman los hombres, y cuán poca firmeza tienen!

No se dio mi prima por entendida de la razón, y preguntóla que a qué fin decía aquello. Mas Gerarda, dando más profundos suspiros, dijo,:

—Nunca pensé que Lisardo se cansara tan presto de una impresa que intentó; culpo a mi poca dicha y a su facilidad.

Persuadióla mi prima que le declarase aquellas preñadas razones que la oía, asegurándola que, en cuanto fuese de su parte, la ayudaría como verdadera servidora suya.

—¡Ay, amiga mía —dijo Gerarda—; ya llega tarde vuestro favor, cuando la correspondencia de vuestro primo está tan adelante, que no será quien es, sino la conserva! Yo he visto en estos papeles haber echado muchas raíces en su empleo porque, cuando una mujer se dispone a manifestar tantas finezas, no hay duda sino que tiene satisfacción de que es querida con exceso y que tiene seguridad de su amante. Pensé que Lisardo era como todos o los más hombres cortesanos, finos en lo aparente y falsos en lo interior; mas estos papeles desmienten mi necia sospecha; del buen gusto de Lisardo infiero que le habrá puesto en quien se le merezca y le pague su voluntad; Dios se la conserve. Y vos dadme licencia, que quiero irme a mi posada, que no me siento buena.

Porfióla mi prima en que se había de declarar más con ella, y tanto la persuadió, que la dio parte de lo que conmigo había pasado desde el día que la saqué del río, hasta haber dejado de visitar a su madre; cosa que ella atribuía a estar tan prendada mi voluntad, como lo aseguraban aquellos papeles.

Prometióla mi prima saber de raíz esta afición y, si gustaba, afear mucho el haber tenido tan poca perseverancia en servirla, mereciéndolo tanto sus partes, para ver qué hallaba en mí, y si veía muestras de no tener muy fija mi afición, acabar conmigo que volviese a servirla.

Agradecióle Gerarda el ofrecimiento; pero pidióla que no intentase nada de lo que la ofrecía, porque no pensase que había salido della, pues vela cuán mal le estaba a su reputación.

—Yo me ofrezco —dijo mi prima—, a saber esto por buen camino, sin que perdáis nada; llevaos el retrato, que yo lo consiento, para que, con su pérdida, tenga Lisardo ocasión de darme pie para saber su empleo y darle intención para que os vuelva a servir.

Vino Gerarda en lo que mi prima ordenaba, aunque lo había rehusado antes y así se despidió della, y se fue a su casa no muy gustosa, si bien habiéndola declarado su voluntad.

Llegué yo a casa de mi prima en compañía de mi amigo, y de su boca supimos todo lo que aquí os he dicho, con que yo estaba el hombre más ufano de la tierra. Conferimos los tres lo que se debía hacer, y de la junta salió que lo dejásemos en este estado, hasta ver qué hacía Gerarda, la cual el siguiente día envió a decir a mi prima, que aquella noche no se había sentido buena, y que por esto se quedaba en la cama, que la fuese a ver, para divertir su indisposición con la vista de tan buena amiga. Dióme parte del recaudo, y propuso verla aquella tarde y que yo fuese por ella, habiendo, de propósito, héchole falta el escudero. Hízose así y fui a casa de doña Teodora y, con su licencia, subí arriba entrando en el aposento de mi Gerarda.

Recibióme doña Teodora muy afablemente diciéndome:

—Cierto, señor Lisardo, que, a no estar vuestra prima aquí, no sé cómo recibiera en mi casa hombre tan desconocido y ingrato a la voluntad que en ella le tenemos.

—Yo soy el que he perdido gozar tanto favor —le dije—, si bien no ha faltado de mí el conocimiento de lo mucho que os debo, pero eso pagan los deseos que tengo siempre de serviros, deseando muchas ocasiones que los experimentéis.

—Eso de cumplido de palabras —dijo Gerarda—, es lo mucho el señor Lisardo; así lo fuera de obras.

—Huélgome —dije yo volviéndome a ella—, que estéis, hermosa Gerarda, en estado de decir pesadumbres, que es señal cierta que vuestra indisposición no es de peligro.

—No os ofendo —replicó— en acusaros con tanta verdad y razón.

—Confieso —dije yo— que no la he tenido en lo poco que he acudido a serviros. El conocimiento de mi yerro me solicite el perdón, y vamos a lo más importante, que es saber qué haya sido vuestra indisposición.

Allí me dio cuenta Gerarda della fingiendo haber tenido un grave accidente la noche pasada. Pero lo cierto fue la mala tarde que la dimos con los fingidos papeles y retrato. Dejóme asegurar Gerarda estando yo hablando con su madre, y dijo a mi prima:

—Paréceme, señora amiga, que no habrá echado menos vuestro primo el retrato.

—Mal lo, sabéis —dijo ella—; ha estado hecho un león, con su criado, a quien echa la culpa de que haya faltado.

—¡Ay desdichada de mí —dijo Gerarda—, volvámosele, que a él y a mí nos ha hecho daño la no conocida copia!

—Dejalde estar, si os importa —replicó mi prima—, que yo podré poco, o le sacaré del pecho el original, y no haré mucho, porque yo presumo que no está con muchas raíces el empleo.

—Eso será —dijo Gerarda—, por ser de mudable condición.

—No es —dijo mi prima— sino porque, o yo me engaño, o éste ha sido despique de vuestros desdenes.

—Nunca los recibió de mí —dijo Gerarda—; mas decidme si de ese se ha quejado.

—No hemos llegado a tanto, pero deseara mucho divertir a vuestra madre, para que Lisardo hablara con vos, que lo desea —dijo mi parienta.

Con esto se quitó del lugar donde estaba sentada y, con achaque de que hacía calor, se pasó a otra silla, que caía cerca de una ventana diciendo a doña Teodora, que se pasase a otro asiento cercano al suyo, para que gozasen del fresco. Hízolo así, con que me dieron lugar para que me pasase

33

al que había dejado mi prima, que era la silla de la cabecera de la cama y, viéndome allí, dije a Gerarda estas razones:

—Nunca entendí de mi corta suerte, que me diera el lugar que a solas gozo en vuestra presencia, ¡oh, hermosísima Gerarda!, al tiempo que experiencias de vuestra severidad, me tienen aun con temores de enojaros con mi visita que, el presumir esto, ha sido la causa que me ha obligado a no acudir a recibir merced desta casa, como antes. El mismo soy en la voluntad de serviros que hasta aquí, que en mí, viviendo vos, no puede haber disminución en ella, ni quiebra en la fe con que os amo. Mi silencio ha procedido de vuestro recato, en favorecerme con presuponerse que mi intento siempre fue enderezado al honesto fin de ser vos mi esposa. Y si deste pensamiento he faltado, castígueme el cielo.

—Bien creo, que otro sujeto, ya que no el vuestro, que juzgo inclinado a favorecer a otro más dichoso que yo, moviera mi asistencia y amor, a serle correspondido, pero conociendo en vos lo que valéis, y en mí tan pocos méritos, disculpo el mal pago que me habéis dado, si más antigua voluntad tienen echadas mayores raíces que la mía.

Aquí di fin a mi discurso, cuando Gerarda, viendo que mi prima entretenía a su madre de suerte que no nos podía oír, incorporándose en la cama, me dijo:

—Señor Lisardo; toda cuanta alabanza dais a mis pocas partes y el conocimiento que significáis tener de ellas, os culpan más en lo que pretendéis disculparos, pues si valgo lo que me encarecéis, eso mismo os sirva para que os persuadáis, a que, mereciendo lo que decís, debiera ser mayor vuestra asistencia. Muchas experiencias ha de hacer una mujer con un hombre que se confiesa aficionado della, para comenzar a persuadirse que son verdades las que le significa, pues estamos en tiempos que se usan poco, y por eso vemos tantas flaquezas en aquellas que se han dejado llevar de las lisonjas. Confieso que desde el primero día que os declarasteis conmigo en el papel que vi vuestro, comenzárades a conocer en mí el agasajo que piden vuestros merecimientos; mas tuviera poca estimación para con vos, si en mí hallárades esta facilidad; y cuanto más obligada de vuestro socorro, que ahora y siempre reconoceré, tanto más me convenía a mi opinión, el mostrarme huraña a vuestros ruegos; que, conseguido el honesto fin, los amantes no les pesa de haber hallado estas resistencias que les han hecho sus damas, antes la estimaban en más que si las hallaran fáciles. Esto os puedo responder a las que me imputáis de severa para mi abono, pero lo cierto es que, ni mi encogimiento ni vuestra sospecha, de que favorezco a otro galán, que eso es falso porque yo a nadie me inclino, os ha hecho retirar de lo que emprendiste, si no amante, sino el serlo de quien, sin tanto recato, os debe de haber favorecido; defecto que, al fin de la correspondencia, conoceréis vos bien para menos estimación suya.

En estas razones eché de ver lo que habían obrado los papeles y retrato, contentísimo de que hubiesen surtido el efecto para que se fingieron y, para sacar más luz de lo que sentía, le dije:

—Nunca, cuando intento servir en parte que me está bien aunque hallen repugnancia mis persuasiones, busco luego el despique, hasta que el largo tiempo o el breve desengaño me curen; y así, lo que de mí sospecháis, con manifestaros mi condición, que es ésta, os he respondido.

—Eso fuera, a ser verdad lo que me decís —dijo Gerarda—; pero, aunque Madrid es grande, ni tenéis tan cerrados los ojos de los curiosos, que algunos no hayan penetrado secretos que vos pensáis, que están ocultos.

—Tal vez se engañan los más perspicaces, como en lo que me decís; porque no siento que ninguno haya visto de mí, cosa que aquí la negara.

—Sois tan cortés —replicó ella—, que juzgárades a grosería el confesar sin tormento delante de quien habéis solicitado, por la regla general, que no es cordura, alabar a ninguna dama delante de otra, ni manifestar el empleo en presencia de quien se ha pretendido. Con certeza sé —dijo Gerarda—, de buen original que amáis y sois correspondido y esto sin que me haya costado algún cuidado el saberlo.

—Más, bien me estuviera —dije yo—, que le hubiérades tenido de favorecerme que de saber cosas que no son verdaderas.

—No quisiera yo que lo fuera tanto —replicó—, porque os habéis acreditado para conmigo de poco perseverante, como de mucho para con la dichosa que os ha merecido y ya adquiere así el nombre de dueño de vuestra voluntad, como la opinión de excederme en partes, pues esto se ve que os ha llevado de mi dominio al suyo.

Viendo que en esta razón se me había declarado tanto, ufano con lo que le vía y casi fuera de juicio, de contento, la dije:

—Hermosísima Gerarda, presumid lo que fuérades servida, ora por conjeturas, ora por averiguadas experiencias, que yo soy vuestro y lo seré mientras mi vida durare, deseando que sea muy larga para llamarme siempre esclavo vuestro. Lo que os puedo asegurar es que no he puesto los ojos en cosa que me dé cuidado, sino en vos, que os he elegido por dueño de mi alma.

Aquí, ioh caro amigo!, se encolerizó de manera Gerarda que, mudado el semblante y perdido el color de su rostro, no acertaba a hablar, pero cobrándose, dijo:

—No quisiera, mentiroso caballero, estar en la parte que me veis para responderos, con volveros las espaldas, y de esta suerte fuera, que no me viérades la cara más en vuestra vida. Ahora me afectáis lisonjas y ponderáis encarecimientos, cuando estoy cierta que es falso todo. ¿Podéis negarme que el dueño de este papel y retrato que tengo aquí no es servido de vos y que, lo que escribe, no manifiesta asentada correspondencia, y pagada voluntad? Haréisme mucho gusto en iros sin darme disculpa alguna y llevaos esas prendas que yo las he guardado para confusión vuestra y escarmiento mío, en no creer a nadie ni encarecimientos, ni muestras de voluntad pues sé que todo es fingido en estos tiempos. iQué necia me hallara si hubiera dado crédito a vuestras lisonjas para que hiciérades donaire de mí en la presencia de la que traéis estampada en el alma y copiada en el naipe. Volvedla a vuestro poder y tened más cuidado con vuestros papeles, que el cielo dispuso que yo los leyese en vuestro aposento con beneplácito de vuestra prima, para que conozca que, si en vos hay este trato, le deben de tener todos los hombres.

No os puedo encarecer, amigo, cuál me hallé con estas razones de Gerarda: por una parte contento de ver cuán bien habían obrado los celos con ella, y manifestado su encubierto amor; por otra, pesaroso de verla enojada y en parte donde no la podía satisfacer, por estar casi a la vista de su madre. Solo lo que pude decirla fue:

—Dueño mío, que lo habéis de ser si tengo dicha que os satisfagáis, no puedo ahora disculparme con vos como quisiera cuando tan enojada os veo; pero antes que se vaya mi prima, os suplico la deis cuenta de lo que os ha pasado conmigo, que ella os dirá lo que hay acerca de los papeles y retrato que habéis visto y asimismo que el dueño del retrato no le conozco.

No quiso oírme más razones Gerarda volviéndose al otro lado de la cama con extraño enojo; con lo cual me levanté de la silla y dije a mi prima que la llamaba Gerarda.

Entréme en el balcón con su madre y procuréla entretener, en tanto que las dos amigas tuvieron un largo coloquio acerca de lo que había pasado. Satisfízola a Gerarda mi prima en cuanto pudo, diciendo la verdad del caso y cómo se había tragado con beneplácito suyo, para saber lo que había en su pecho, que la verdad era, que yo la quería entrañablemente y andaba fuera de mí viendo cuán severa se me mostraba, temeroso de que favoreciese a otro galán.

Por una parte se holgó la hermosa Gerarda de lo que a mi prima oía y por otra le pesaba de que le hubiesen conocido por sus celosas acciones su afición, y así la dijo que ya que su traza les había salido como desearon, por no hallarse segura de que yo no estuviese algún empleo, la pedía que le fuese verdadera amiga para solicitar que yo no me divirtiese en parte alguna, más que en servirla a ella. Así se lo prometió mi parienta, con que cesó la plática, y, llamándome para despedirnos, tuve ocasión de pedir a mi dama perdón de la estratagema que había usado, el cual, alcancé della y en muestra de que era así la besé una de sus blancas y hermosas manos, con gusto suyo.

Desde aquel día quiso mi buena fortuna darme prósperas dichas, favoreciéndome Gerarda con muestras de grande amor, asentándose entre los dos una amorosa correspondencia dirigida al casto Himeneo. Vímonos muchas veces en casa de mi prima, donde, con la presencia de Gerarda, se me aumentaba el amor, mas esto no sin la pensión de recelos, que no me faltaban de la frecuencia de don Fadrique de Peralta en su calle, aunque no podían asegurar los temores la voluntad de Gerarda, junto con sus favores, para entender que ya era el elegido.

Vino el esposo de mi prima de su jornada, con que yo me volví a casa de mi padre y así había menos ocasiones de vernos, cosa que yo sentía en extremo. Consolábamonos con ir yo a casa de Gerarda de cuando en cuando y con escribirnos cada día, siendo terceros de estos papeles una criada suya y un criado mío en quien habíamos hallado fidelidad.

Seis meses había que duraba la amorosa correspondencia entre los dos sin decaer yo de la desgracia de mi Gerarda ni ella dejar de favorecerme con muchas veras en lo que lícitamente, sin ofender a su reputación, podía, hasta que la fortuna, cansada de favorecerme, ordenó para desdicha mía, que se ofreciesen en Madrid unas fiestas por la venida del Príncipe de Gales, en que se hizo un solemne regocijo de toros y juego de cañas, entrando en él la Majestad de nuestro Rey y Señor.

Para ir a verle se conmovió toda Castilla la Vieja, Andalucía, y Reino de Toledo. De aquella Imperial ciudad, cabeza suya, vino con otras la dama aquella cuyo era el retrato, que nos manifestó la encubierta afición de Gerarda. Con ésta se correspondía don Claudio, aquel amigo y consejero mío, aunque no muy apretadamente; si bien, un tiempo que asistió él en Toledo fue favorecido de ella con muchas veras, mas en aquél, solo había una correspondencia de papeles entre los dos. Llegó el día de las fiestas, en el cual Gerarda tuvo balcón en lo mejor de la plaza con su madre y otras amigas, y esta dama de Toledo se le había buscado don Claudio muy cerca del suyo, convidándome a mí para él, a donde fui sin saber que estuviese tan cerca del de Gerarda. Ella, que era curiosa y amiga de ver, como las mujeres, no dejó balcón de los convecinos que no mirase con atención y curiosidad, por notar la belleza de las damas que los ocupaban, la gala de sus vestidos y la bizarría de sus tocados. Acertó a poner los ojos en el balcón de don Claudio y vio, a aquella dama al tiempo que yo estaba hablando con ella en cosas de Toledo, y ella, muy atenta a mi plática, y como tuviese en su idea vivas las especies que había concebido de su retrato, luego la conoció, y al verme a mí con ella, la causaron tales celos que, sin poder disimular con su madre y amigas, se quitó del balcón y, fingiendo un repentino accidente, se echó en una cama que había en aquella pieza, perdido el color de su hermoso rostro, dando muchos suspiros, cosa que puso con cuidado a su madre y amigas y les aguó el gusto con que vían los toros y regocijo.

Acabóse la fiesta y, al volverse las damas y Gerarda a casa, llamó a un paje de una prima suya a quien, dando las señas de la casa, rogóle mucho que supiese qué personas habían estado en el segundo balcón de ella, y si yo había estado siempre con ellas y que, si era posible, las procurase seguir en particular a una cuyas señas le dio, como quien tan bien las tenía en la memoria. fue el paje tan solícito en servir a la celosa Gerarda cuanto dañoso para mi empleo, pues su demasiada solicitud me cuesta hoy todo mi desasosiego y de dejar ahora mi patria. Finalmente él estuvo en el mismo balcón y reconoció a cuantos en él estábamos y, al irnos a la posada, nos fue siguiendo de suerte que, vio meterme en el coche con la dama y sus amigas, juntamente con don Claudio, y en sabiendo la casa donde paramos, que era en la de un pariente de la forastera dama, fue con su aviso a la presencia de Gerarda, a quien dio cuenta de todo, sin olvidársele circunstancia alguna por decir, con que la dama quedó hecha un volcán de celos, fulminando injurias que decirme, oprobios que hacerme y quejas que dar a mi prima de haberla engañado. El siguiente día se vio con ella, a quien dio Gerarda cuenta de lo que había visto y así mismo de como yo había entretenido la tarde con la dama del retrato, cosa de que se admiró mucho, no disculpándome como otras veces por no saber la verdad del caso. Esa misma tarde fui a ver a Gerarda, sabiendo que estaba allí mi prima para venirla acompañando, y, al tiempo que entré en casa de Gerarda, fue en ocasión que estaba su madre en visita con un deudo suyo forastero, y así tuve lugar, siendo llamado de mi prima, de entrarme en otra pieza más adentro donde estaban ella y Gerarda y, antes de preguntarla por su salud, me dijo llena de cólera y enojo estas razones:

—Nunca entendí, engañoso Lisardo, que con las mujeres de mi calidad, olvidado de la vuestra, usárades el doble trato que he averiguado de vos; es buen modo de granjear voluntades tener la vuestra repartida en dos partes, engañando a quien os tiene creída la fe que mentís y las firmezas que publicáis. Yo me tengo la culpa de haberme creído de vos, cuando indicios de vuestro empleo, me pudieran hacer más temerosa y menos fácil; cuando no hubiera ayer traído de la fiesta más que el desengaño de vuestro término y mal proceder, había hecho mucho para mi opinión. Gracias al cielo que no os podréis alabar de muchos favores míos, pues siempre han sido con el recato que a mis obligaciones debo. Lo que os suplico es, que todos mis papeles os sirváis de enviármelos que no es razón que tenga conceptos vivos quien tiene la voluntad tan muerta. Esto ha de ser sin excusas, que yo os perdono lo que podéis presumir, en cuanto al imputaros de grosero en la entrega pues cuando de por medio se aventura mi reputación todo lo debéis posponer, fuera de que sé, que en vuestro poder están violentos, sino agraviados de que quizá estén en la parte de los de la dama del retrato, cuyo empleo gocéis largos años.

Y diciendo esto se entró en otro aposento, cerrando tras de sí la puerta, sin ser posible ruegos de mi prima acabar que abriese hasta que de cierto supiera que yo era ido. Aquí entró luego la reprehensión de mi parienta, culpando mi poca firmeza y el haber engañado a Gerarda poniéndola a ella en peligro de perder su amistad por mi causa, siendo también engañada. De nuevo la di entera satisfacción de que la dama del retrato era de Toledo y dueño de don Claudio y que, siendo menester a uno y a otro, les haría confesar la verdad en presencia de Gerarda. Con esto parece que se satisfizo mi prima algo, que no estaba menos enojada que mi dama.

Díjome que, porque su madre no sintiese este disgusto, me fuese luego de allí que ella procuraría darla satisfacción a sus celos y me diría después como la deseaba. Obedecíla, yéndome sin que doña Teodora me viese, y, luego mi prima hizo que Gerarda abriese la puerta del aposento donde se había cerrado a quien halló echada sobre la cama, toda bañada en lágrimas. Procuró consolarla queriéndola satisfacer por mí; mas a esto se incorporó en la cama y con increíble enojo la dijo:

—Amiga: a lo pasado no hallo ya remedio; para lo porvenir, os suplico hagáis dos cosas por mí: la una que me cobréis mis papeles de vuestro primo, y la segunda que en ninguna ocasión no le habéis de tomar en la boca. Esto es si gustáis de conservar mi amistad, ya que a vos no puedo con razón culparos, pues que habéis sido engañada dél como yo.

De nuevo quiso mi prima satisfacerla, con decirla que estaba engañada en lo que había presumido de mí y ofrecerse a darla satisfacción bastante; mas no la quiso oír y así por entonces dejó aquella plática con notable cuidado y pena por la que veía tener su amiga y por la que a mí me había de dar. Acabóse la visita de doña Teodora; Gerarda fingió haberla dado un vaguido para disimular su pena, con que se quedó en la cama. Hízose hora de volverse mi prima a casa donde yo la estaba aguardando; dióme cuenta de todo lo que había pasado con Gerarda y de la resolución que tenía de no verme más en su vida con lo cual yo estaba que perdía el juicio.

Ocho días se pasaron sin verse las dos amigas y en cada uno dellos enviaba Gerarda recados a mi prima para que sus papeles se le volviesen, amenazándome que, si no lo hacía, me había de costar muy caro; pero yo no estaba en obedecerla, antes en procurar mil modos para darla satisfacción a lo que me imputaba, mas ninguno hallaba. Consolábame con pasar por su calle las noches y tal vez verme con su criada de quien me informaba cuán en su punto estaba su enojo.

En este tiempo don Fadrique de Peralta no dejaba de asistir en su calle y darla músicas, cosa con que me daba notables celos; y tal vez estuve determinado a acuchillar a él y a sus criados; tan picado me tenía el retiro de mi Gerarda. Dióle a su madre una enfermedad grave, de que murió dentro de ocho días. Halléme en su entierro y, pasados otros ocho, parecióme, consejo de mi prima, que sería bien darle el pésame a la hermosa Gerarda, y así fui a su casa en ocasión que estaba sola. Entró un escudero a decirla que estaba allí y sin mirar lo que podía el mismo presumir del caso, atrevióse a hacer un desprecio de mi, que fue decirle al escudero que me dijese que no estaba en disposición de recibir mi visita, por hallarse indispuesta; que la perdonase. Díjomelo así el criado, con que me dejó perplejo su resuelta voluntad, y así me dispuse contra su gusto a entrarme en la sala de su estrado, mas a penas ella me conoció desde donde estaba sentada, cuando, sin aguardar a oírme palabra alguna, se levantó de su asiento y se entró en otra pieza, cerrando tras sí la puerta, y de allá dentro me dijo:

—Señor Lisardo; ya os he suplicado que no os canséis en verme, que será escusado. No soy de las mujeres que se dejan engañar dos veces; basta una para quien bien siente como yo.

Dejáronme sin sentido las rigurosas razones de la enojada dama, de modo que no pude por un rato volver en mí, y, pareciéndome que dar voces en casa ajena era publicar con mi desprecio nuestros amores, reventando de pesadumbre, me bajé por las escaleras dejando bien sospechoso al escudero con lo que me había visto.

fui a casa de mi prima, donde pude descansar, dando mil suspiros, quejándome de la crueldad de Gerarda, de mi poca dicha y de su engaño.

Consolóme mi parienta y prometióme afear a Gerarda el desprecio que de mí había hecho, pero a ella se le dio muy poco de todo, aunque se lo dijo volviendo a instar que se le habían de dar sus papeles, o que ella los habría de modo que a mí me pesase, con lo cual, y el volver mi prima por mí, tuvieron las dos algunas razones pesadas por donde no se hablaron de allí adelante tan amigablemente.

Dentro de un mes que esto pasó supe como don Fadrique andaba muy solícito en servirla, y que había tratado con un tío de Gerarda su casamiento; nuevas fueron éstas que me hicieron acabar de perder la paciencia. Víale muy puntual en la calle de día, y de noche, con que me aseguró el creer que con gusto de Gerarda se trataba el casamiento. Escribíla un papel quejándome en él de sus sin razones y olvido y satisfaciéndola de nuevo de sus sospechas; mas apenas se le dio su criada cuando le hizo pedazos sin ver letra dél. Con esto ya podéis, amigo, juzgar cuál estaría; ni comía, ni dormía, ni sosegaba un punto; huía de las conversaciones de manera que mis amigos sentían esta novedad y me lo decían, y yo me disculpaba con que, pretensiones que tenía, me estorbaban el comunicarlos.

Un día me encontré con Lucrecia, la criada de Gerarda, y díjome como la noche antes se había ofrecido hablar en mí y la había preguntado su ama si me había visto, a quien respondió que no, para ver lo que decía y que le volvió a decir dando un pequeño suspiro:

—Debe de estar ausente.

Parecióme ser esta ocasión para verla la noche siguiente, atreviéndome a todo lo que me viniese, por solo tener ocasión de satisfacerla a boca despacio, y así, haciendo un presente a Lucrecia, aquella tarde la rogué que me abriese la puerta sin decir nada a su señora. Ella que deseaba verme vuelto a su gracia, obligada del donativo, se ofreció a hacer lo que le pedía, y así concerté mi venida, señalando la hora que era a las diez. No me descuidé, que a las nueve y media estaba en la calle solo con mi espada, y broquel. Era la noche oscura y lluviosa de suerte que, a penas se conocían los bultos de la gente; mas aunque era así, pude conocer en la calle a don Fadrique. Mi competidor hablaba con un criado suyo mandándole cierta cosa que fuese a hacer, que, a lo que pude oír, parábase en querer dar una música a Gerarda.

Partió el criado de su presencia y yo me quedé diez pasos desviado de las rejas de la casa de mi enojada dama, con lo que le puse a don Fadrique en cuidado para no se quitar de la calle cosa de veinte pasos de donde yo estaba. Así nos estuvimos más de una hora, con que me tenía apurada la paciencia, y pareciéndome que, si no le deslumbraba su sospecha, no se iría de allí, di la vuelta por otra calle para volver por la parte donde estaba. Era el rodeo largo y, cuando volví al puesto, ya no estaba mi competidor en el lugar que le había dejado. Acerquéme debajo de las rejas de Gerarda que eran bajas y asistía en aquel cuarto. Púseme a escuchar lo que dentro se hablaba y oí la voz de un hombre dentro, que me pareció ser don Fadrique, cosa que me puso en notable cuidado. Escuché con más atención pero no pude percibir lo que hablaban más de oír la voz y certificarme, según mi parecer, ser de mi competidor, con lo cual, y no ver que Lucrecia salía a la ventana, me deshacía teniendo el pecho lleno de mis temores y recelos. Oí las once y tres cuartos para la media noche y queriendo dar un silbo para ver por si Lucrecia salía a abrirme, llegó a este tiempo un hombre a la puerta de Gerarda, el cual llamó con algún recato que juzgué más a cuidado de ser avisado que llamase así, que a recelo de haberme visto. Apenas tocó la puerta cuando fue abierto. Yo, que por salir de mi sospecha como por ver la ocasión tan a mano, entréme tras él. Era Lucrecia la que había abierto y así como me conoció me dijo:

—Señor Lisardo, ¿dónde vais? Mirad que no podéis hablar esta noche a mi señora.

Con esto certifiqué ser verdad mi temor y, sin oírle otras razones que me decía, con el enojo y los celos que llevaba, me entré en la pieza del estrado a pesar de la resistencia de Lucrecia. ¿Qué os diré, amigo? No sé con qué razones os refiera mi desdicha y la poca firmeza de Gerarda, pues en todo el tiempo que la serví, nunca merecieron mis desvelos y finezas el premio que en cuatro días el venturoso don Fadrique. Teníale la ingrata en sus faldas, y él regalándose con una de sus blancas manos, que ponía en su boca. A un lado de la pieza estaba puesta una mesa con mucha curiosidad que aguardaba la cena.

No puedo significaros con razones el enojo, la rabia y celos que de ver esto concebí y así, llevado del impulso de la cólera, tal suerte me cegué que, sin reparar en nada, sacando la daga, acometí a don Fadrique tan prestamente, que no le di lugar a levantarse. Tres veces bañé el acero con su sangre, con que le dejé revolcándose en ella por la tarima del estrado, y, queriendo quejarme a Gerarda de su ingratitud y doble trato, no pude por verla desmayada del susto que la di, tendida a otra parte de su estrado. dio voces Lucrecia y el criado que había entrado, y, pareciéndome no estar seguro en tal lugar dejando muerto a don Fadrique, me salí de casa de Gerarda, yéndome a la de mi padre, a quien di cuenta de lo que me había sucedido con lo que les puse en notable aflicción; pero, considerando que a lo hecho no había remedio alguno, me sacó de un contador todo el dinero en plata y oro que al presente se hallaba y tomando dos rocines andadores de su caballeriza, me partí acompañado de solo un criado, con ánimo de no parar hasta llegar a Valencia.

Esto es amigo lo que me ausenta de mi patria conociendo cuán poco hay que fiar en mujer alguna, pues, la que más publica ser firme, con cualquier disgusto, se muda despicándose con otro empleo; no juzgara tal de Gerarda habiendo estado tan dudosa en determinarse a favorecerme.

Consoló don Félix a su amigo Lisardo, y prometióle no dejar su compañía hasta ponerse dentro en Valencia, porque se asegurase más de la justicia. Agradecióselo Lisardo con corteses y amigables razones y, siendo hora de caminar porque ya el Sol iluminaba el occidente, se pusieron todos a caballo, tomando el derecho camino de Valencia.

Libro II

Con la escasa luz que prestaba el mayor de los planetas a su hermana Cintia, caminaban los dos íntimos amigos Lisardo y don Félix su jornada, yendo Lisardo imaginativo y suspenso sin ser parte la compañía de su amigo para divertirle su pena; tanto sentía el mal pago de su ingrata Gerarda. Muchas consolatorias razones le decía don Félix: pero todas eran en vano, que, como experimentaba mal pago de su voluntad y menosprecios de firme fe, era sin efecto cualquier consuelo. Esto le obligó a admitir la compañía de don Félix hasta Valencia, pero si ella le sacase del alma parte de la pena con que padecía, sin saber que don Félix no la llevaba menor que él, como se dirá adelante. Muchos medios intentó el bizarro soldado para divertir a su amigo, ya contándole sucesos de Flandes en la guerra, ya empleos amorosos en aquellos países: pero, acabados los discursos que sobre esto hacía, volvía a quejarse de su agravio, y a lastimarse de su corta fortuna. Traía consigo Lisardo un criado llamado Negrete, que en todos sus amores siempre fue su fiel Achates, y el archivo de sus más ocultos secretos. Era hombre bien entendido, de gracioso humor, músico y poeta, Este, pues, viendo la melancolía con que caminaba su señor, y que el verle con ella obligaba a seguir su humor los que le acompañaban, quiso con el bueno que siempre gastaba, que se entretuviesen un rato siquiera para divertimiento del sueño que acompañaba las más veces a los que caminan de noche. Y así pidiendo licencia a su amo, que se la dio, más a ruegos de su amigo don Félix, que por su voluntad, afirmándose en los estribos, por sacar fija la voz con sonoros acentos, cantó este romance:

> Niña del color trigueño,
>   la de los ojos azules,
>   oficina de la estafa,
>   y taller de los embustes.
> La que desde su mansión,
>   no hay bolsa que no saludes,
>   faltriquera que no emprendas,
>   ni talego que no aruñes.
> La de tía duplicada,

que, los que tu amor conduce,
como a cruz de mortuorio,
se hallan siempre entre dos luces.
La que a todo forastero
conoces por las vislumbres,
y le traes boquimuelle,
por hallarle boquidulce.
La que de sonora voz
se ha preciado aunque te culpen,
que los acentos de daca
en toda bolsa retumben.
Yo que topé tus traiciones
primero que tus virtudes,
con licencia de agraviado
publicaré tus costumbres.
A los piélagos de Venus
piscatriz cosaria acudes,
donde tu anzuelo amoroso
prende arenques como atunes.
Hoy te pagas de plebeyo,
y mañana del ilustre,
como en metal rojo y blanco
armas traigan, traigan cruces.
Ahora hablarás a un sastre,
y luego admites a un duque,
confundiendo los bordados
con los vulgares pespuntes.
Al que pródigo conoces,
tú dispones que le apuren,
con regalos tus despensas,
y con galas tus baúles.
Contra visitas de avaros,
en tu brasero introduces,
los pebetes del pimiento,

las pastillas del azufre.
Que viendo que por no dar
    siempre de tus gracias huyen,
    como a demonios los tratas
    con adherentes perfumes.
Tu calidad española
    perdiendo va de su lustre,
    viendo que ya te cortejan
    tantos humores Monsiures.
Lo encarnado del clavel
    tu boca no lo produce
    que ya magistrales traga,
    porque marfiles escupe.
Y así cualquiera vianda
    no la mascas si la muques,
    aunque el fuego te la cueza
    o el tiempo la papanduxe.
El que te trata ignorante,
    o le mancas o le tulles,
    viniendo a sudar de espaldas
    lo que ha pecado de bruces.
Sigue tus receptas Laura,
    la zarza tiene virtudes;
    si tú corriste sin ella,
    nadie corre que no sude.
Si es tu salud como media
    que por puntos se deszurce
    en cada esquina hallarás
    remendones de saludes.
Si no buscas el atajo
    de la muerte, no los busques,
    que son como amoladores:
    más que aderezan, destruyen.
Pues se llega la Cuaresma

pon pausa a tus inquietudes,
y quien es congrio cecial
viva entre santas legumbres.
No, hipócrita, nos engañes
como muchos que se aturden,
siendo en lo aparente santos,
y demonios en el fuste.
A la ceniza y al llanto
aplica amorosa lumbre;
verás que un alma tizona
a colada la reduces.

Celebraron don Félix y, sus criados con grandes alabanzas el agudo y bien cantado romance con que Negrete los había entretenido, tomándole la palabra, de que, en lo que durase el camino había de cantarles otros de aquel género, con que se prometían buen viaje. A todo esto no habló palabra alguna Lisardo; tan engolfado iba en sus pensamientos, que no atendía a otra cosa, sino a considerar, cómo pudo su ingrata dama negar obligaciones de tanto amor, y deudas de tanta fe y voluntad. Parecióle a don Félix exceso su demasiado imaginar, temeroso que esto le causase daño al juicio que, cuando una pena se está de asiento, puédense temer ruinas en él, y así, queriendo que en parte le sirviese de consuelo, y en parte de divertimiento, le quiso dar cuenta de su cuidado y peregrinaciones para lo cual, pidiéndole silencio, comenzó así:

—Determinado, ¡oh caro amigo Lisardo!, de venirme a España desde Flandes donde asistía, quise, a costa de gastar algunos meses en mi camino, no verla sin estar primero en el reino Partenopeo, y ver las grandezas que dél oía en Bruselas, y así mismo la gran ciudad Corte del Santo Vicario de Cristo, Vicediós en la tierra. Dispuse mi jornada, teniendo licencia de mi general, con la cual partí de Bruselas, con algunos dineros que bastaran para más largo viaje, porque en el juego me había ido felizmente, y estaba de vuelta de más de cuatro mil ducados. Estuve en Nápoles, vi aquella hermosa y rica ciudad, sus templos y santuarios devotos: admiróme su grandeza, y ponderé sus edificios. Gobernaba entonces el Excelentísimo

Duque de Alba, cuya prudencia y valor están iguales en él, granjeando el agasajo y alabanzas de lo noble y plebeyo de aquel poderoso reino, para ponderar perpetuamente cuán digno es el gran Toledo de ser premiado de su Rey, con ocupaciones de mayores cargos. Hízome su excelencia mucha merced, sabiendo quién era, y, con su favor, hallé grande acogida en los Caballeros y señores de aquella ciudad, donde estuve quince días. Pasé a Roma, y, querer contaros lo que en aquella gran Corte vi, fuera gastar largos episodios, prolijos discursos en mucho tiempo: allí estuve otros quince días. Partíme hacia el puerto donde estaban dos galeras que iban para Génova, y embarcándome en la una, tuve feliz viaje hasta. aquella rica. y opulenta ciudad, cuyos hermosos edificios, curiosas quintas, y hermosas damas me admiraron más que todo lo que había visto. Estas galeras habían de pasar a España en conserva de otras cuatro, y haciendo viento a propósito, no quise perder la ocasión, y víneme en ellas hasta Barcelona, sin sucedernos ocasión de peligro en toda la navegación. Desembarqué en aquel hermoso muelle, y, haciendo sacar mucha ropa, se llevó a una buena posada a que me guió un caballero genovés, que había venido embarcado conmigo. En ella descansamos cuatro días reparándonos del penoso naufragio que, aunque fue todo con viento próspero, las incomodidades de la galera se sienten después de saltar en tierra.

Al quinto día de nuestra llegada, salimos por la tarde a ver la ciudad, y supimos que la más gente della salía al mar a ver embarcarse seis compañías de soldados que se habían levantado en el Principado de Cataluña, y pasaban a Lombardía para guarnecer aquellos presidios. Estaba el muelle poblado de gente de a pie y a caballo y grande cantidad de coches de damas. Mi camarada y yo íbamos vestidos con galas de soldados lucidamente, de suerte que los más ponían los ojos en nosotros. Al anochecer, cuando nos veníamos a la posada, pasó por cerca de los dos una carroza en que iban unas damas, y a un estribo della se llegaron dos caballeros a hablar con ellas, pero no solo no fueron admitidos sino que con grande desprecio los despidieron de suerte que, cuando nosotros emparejamos otra vez con la carrota, pudimos oír estas coléricas razones a una dama:

—Señor Jorge, baste el desengaño que tantas veces tenéis de mi prima, para no perseverar en cansaros y cansarla; suplícoos que excuséis empeñaros en estos lances, que no han de servir de otra cosa que de irritarla para que suceda alguna desgracia si da parte desto a su hermano. Terrible cosa es que queráis enamorar por fuerza a quien no os quiere.

Aquí respondió el despreciado caballero, no menos colérico que la dama:

—Cuando mis méritos no igualaran a la calidad de mi señora doña Victoria, mi amor la había de obligar a estimar los deseos que siempre ha visto en mí de servirla: estos no solamente no quiere conocer, para consuelo mío, sino que de mi vista se ofende de tal suerte que a todos manifiesta el desamor que me tiene y la poca estimación que hace de mí, con que vengo a presumir que tiene algún empleo que estima, y hace favores en sujeto más dichoso que yo, pero no más fino en querer.

—Sea lo que fuere —respondió doña Victoria—, mi gusto no es que me sirváis y esto os baste por última respuesta.

Y mandando al cochero que caminase porque se había parado, él obedeció, mas cuando quiso partir, don Jorge, más encendido en cólera, metió mano a la. espada y le amenazó que no se moviese; pero él, haciendo más caso del mandato de su ama que del galán, dio del azote a los caballos para que partiesen, aunque fue para su daño, porque, habiendo en don Jorge puéstose la cólera en su punta, la picazón del desdén redundó en agravio del cochero, porque con la espada le alcanzó en la cabeza, haciéndole una peligrosa herida, con que le derribó del caballo abajo dando voces. Lo mismo hicieron las damas, viendo lo que el desalumbrado caballero había hecho, pidiendo favor. A este tiempo llegamos el genovés y yo, y, sacando las espadas, el primero que se acercó a don Jorge fui yo que le dije:

—No es cortesía, caballero, que queráis por fuerza ser oído donde no os admiten la voluntad; nunca se ha de violentar en quien se desea servir, sino granjearla por suaves y blandos medios, porque jamás el amor quiso ser llevado por fuerza, que es un afecto el de querer que, si espontáneamente no se hace de inclinación, ni puede durar ni ser amor perfecto. Esto os digo en breves razones para que os reportéis y os sirváis de dejar ir a estas señoras a su posada, que sienten verse impedidas de vuestra violencia.

Estuvo reparando don Jorge en mí un rato, por si conocía a quien le hablaba con tanto despejo, pero no conociéndome, me dijo no menos soberbio que descortés:

—No sé yo, caballero a quien no conozco, quién os mete así en impedirme mi gusto como en darme consejos, no siendo vos a quien toca ni defender estas damas ni el venir a aconsejarme, y así tendría por cordura que os fuésedes vuestro camino adelante sin buscar pesadumbres, que es fuerza tenerlas a emprender la ejecución de mi intento.

—No llegué aquí, le repliqué, para menos que estorbaros que paséis con vuestra grosería adelante: estas damas os han pedido que las dejéis; eso mismo me mueve a suplicároslo como lo hago de nuevo, de no querer hacerlo, aunque a mí no me toque, está puesto en razón el ser de su parte que no obedeciéndolas habréis de tener la pendencia conmigo.

Era bizarro el Caballero y, como yo le irritase con esto, sacando la espada, me acometió ayudado de su compañero que era un amigo suyo. Lo mismo hizo el genovés, y los cuatro nos comenzamos a acuchillar con muy bien aliento, sin que se hallase nadie a ponemos en paz, por ser en parte sola de gente donde estábamos. Quiso la mala suerte de mi contrario, que yo le alcanzase con una punta en el pecho con que le atravesé la espada, saliéndole por un costado. Lo mismo había hecho del otro mi compañero, con que los dejamos tendidos en el suelo, pidiendo confesión. El cochero, animándose cuanto pudo se puso a caballo, y partiendo a todo correr con su coche, salió de aquel lugar a una calle principal y, como si nada hubiera sucedido, se fue paso a paso hasta la posada de sus señoras, y nosotros, embozados, siguiendo el coche. Al apearse dél las damas, llegué yo a quitarles el estribo diciéndole:

—Hasta aquí, hermosas señoras, nos ha tocado el acompañaros, aunque a riesgo de que nos hayan conocido: mas todo se puede dar por bien empleado por haberos hecho este pequeño servicio, quitándoos de delante el penoso estorbo de aquel descortés caballero.

Habló la primera doña Victoria y díjome:

—No os sabré encarecer, señor, cuánto me ha obligado vuestro bizarro pro ceder; pero quisiera no hubiera sido tan a costa vuestra. Temo que os hayan visto; lo que os pido es que os pongáis en salvo, y de allí me aviséis donde estáis, preguntando por la casa de don Jaime de Cardona, que es mi hermano.

Salió con esto del coche y a la luz de dos hachas que trajeron dos pajes para que subiesen a su cuarto, pude ver la mayor hermosura que mis ojos han visto, y, si bien no la igualaba su prima, era también hermosa. Dejóme la primera aficionado de modo que, a no temer el peligro de ser seguido de la justicia, la acompañara hasta su cuarto; mas esto me hizo despedirme dellas, prometiéndolas avisarles desde donde estuviese. Pregunté a mi camarada qué podíamos hacer, y él me dijo, que, por si nos habían conocido, era lo más seguro retirarnos a un monasterio de San Francisco, donde estaba un religioso de su tierra, amigo suyo, que nos hospedaría en su celda, hasta tanto que supiésemos qué había sucedido de los heridos, y si se sabía quién los había acuchillado. Parecióme bien el consejo; y, así le aprobé retirándonos al elegido monasterio, donde fuimos afablemente recibidos del conocido religioso, el cual hizo salir a un criado suyo a avisar a los nuestros en la posada, que acudiesen allí con toda nuestra ropa. Otro día supo el religioso, cómo los heridos estaban de peligro, y que la justicia había ido a casa de don Jaime a prender al cochero, con quien había averiguado haber sido la pendencia, y no le hallando en casa, habían tomado sus dichos a doña Victoria y a su prima, las cuales dijeron, que sobre querer pasar con el coche por donde dos hombres, que no conocían, estaban, le dieron una cuchillada, que le obligó a dejar la silla del caballo y que luego se trabó una rencilla sin saber quiénes fuesen los della, ni por qué. Los heridos estaban en estado que no se les pudo tomar su declaración, y así, por no hallar más información, aguardaban a su mejoría para saber el caso más de raíz. Con esto no nos determinamos a salir del Convento hasta ver en qué paraban los caballeros heridos. En tanto me pareció dar aviso a la hermosa doña Victoria, de la parte donde estaba, advirtiéndola este papel, que tengo bien en la memoria por ser el primero:

Menos peligro de perder la vida tuviera en manos de la justicia, que retirado de vuestra presencia, hermosísima Victoria, pues juzgo que, aunque incurriera en delicto de homicida, esperara clemencia de su tribunal, y no muerte en el amor si dura mi estada en este convento de San Francisco donde cada día que pierdo el veros, me cuesta de penas lo que no sabré encareceros. ¿Quién duda que no creáis esta recién nacida afición en el poco tiempo que pude haberos visto? Mas si consideráis vuestras partes, conoceréis que es mucha la batería que en mí han hecho. Si el haberos servido y el desear continuarlo merecieren que me favorezcáis con vuestra presencia, os suplico que os dignéis de venir aquí mañana a Misa. Quedo esperando recibir esta merced, aunque no la haya merecido lo poco que os he servido. El cielo os guarde.

Llevó este papel un criado del Religioso con las señas que le dimos de la casa de don Jaime, juntamente con algunas advertencias acerca del recato con que había de darle. Sucedióle bien, porque, sin encontrarse con nadie que se lo estorbase, se subió hasta la pieza del estrado donde estaba la hermosa doña Victoria, a quien, por las señas que le di della, como quien ya las tenía estampadas en la idea, la conoció y dio el papel, diciéndola cúyo era. Holgóse mucho con él, según lo manifestó del semblante que notó el portador, y, después de haberle leído, le mandó aguardar la respuesta. Púsose luego a escribir, y ella misma salió sola a dársela en otro papel, que, puesto en mis manos con increíble contento, vi que contenía estas razones:

Cumpliendo con las leyes de agradecida, respondo a vuestro papel, si bien con las de incrédula, me ajusto a pensar, que de vuestra cortesía puedo prometerme más que la acción pasada por servicio de cualquier dama, mas no por vuestro amor y la voluntad que me significáis. A corresponder con lo primero me dispondré a obedeceros, que en lo segundo hay mucho que considerar y más que inquirir, antes que llegue, a dar crédito a las que juzgo más por lisonjas de cortesano, que por verdades de amante. El cielo os guarde.

Contentísimo me dejó el bien razonado papel, y con grandes deseos de que llegase el futuro día para verme con ella. Hízoseme aquella noche un siglo hasta que vi la luz de la mañana. Levantéme poniéndome un vestido de color de los más galanes y costosos que tenía entre algunos que había hecho en Nápoles; que en esto se la ganan a cuantos reinos tiene el Orbe con la ocasión de las muchas telas que allí tejen.

Vino, pues, la hermosa Victoria cerca de las once a Misa, en su carroza, acompañada de su prima que, a no venir a su lado, luciera mucho su belle-

za. Estaba avisado el criado que llevó el papel para decirles que mi camarada y yo las estábamos aguardando en una capilla retirada de las demás,
donde se fueron después de haber oído misa. Venían las dos hermosas
damas de embozo, y sin escudero alguno. Antes desto me faltaba de deciros, como yo me había informado por el religioso genovés de quién era esta
señora, su calidad y partes, y supe ser doncella, y estar en compañía de su
hermano, que había poco que heredara un rico mayorazgo por muerte de
sus padres, y ella un cuantioso dote de bienes libres.

Llegaron, como os digo, las dos damas a la capilla donde las estábamos
aguardando siendo recibidos de las dos con mucho gusto, y después de
haber tomado asientos y preguntándonos por las saludes, poniendo Victoria sus hermosos ojos en mí con agrado, me dijo:

—No podréis creer, señor mío, que aún no sé vuestro nombre, con cuánta pena me tuvisteis hasta saber por vuestro papel, deste retiro, que me
precio tan de agradecida, que lo hiciera ingratamente si este cuidado faltara en mí, cuando vuestro cortés término me dejó obligada con el riesgo
a que os pusisteis.

—Beso mil veces vuestras manos —le dije yo—, por el favor que me habéis hecho, y el que al presente recibo, confirmándole vuestra boca, que
me tengo por muy dichoso, que a obligación tan pequeña haya satisfecho
vuestro cuidado, pues ya me lo pone el haberle conocido por mi buena
suerte. Suplícoos pase el agradecimiento adelante a pagarme la voluntad
que me debéis y el desvelo que me costáis.

—Dos cosas son las que decís —dijo ella—, que a ser verdaderas, no
había para ellas paga, por lo que tienen de sospechosas me desobliga a
no conocerlas por deudas, porque dudo que, donde hubo más lugar de
demostraciones bélicas que de empleos de los ojos, haya hecho en vos mi
vista esos efectos que me significáis; con más espera diérades mejor capa
a vuestra lisonja, y a mí menos temores de que lo sea.

—Agravio, me hacéis —repliqué yo—, en persuadiros a que esto no es
verdad, que sale del alma, bautizándola con el título que peor le está. Los
soldados raras veces nos confesamos vencidos del amor, sin estarlo, porque dar gloria a quien no la alcanzó, nos parece descrédito de nuestra
profesión, por excusar, si es posible, cualquier rendimiento porque no sea

ensayo para lo verdadero en que cada día nos vemos. Pero quien conoce tan bien vuestras partes y mucha calidad, amable todo a todos, ¿qué mucho que se haya rendido tan de veras?

—Vos los decís tan bien —dijo ella—, que cuando no tenga fundamento de verdad como lo he sospechado, muestra tal apariencia dellas, que ya me confieso obligada por ese camino, como lo estoy por el de la defensa vuestra, sin habéroslo merecido. Y para que veáis que quiero con fundamento escucharos, os pido que me digáis vuestro nombre y patria porque sepa quién es y de dónde, quien tanta merced me hace.

—Mi nombre —dije yo—, es don Félix, el apellido Vargas, y mi patria Madrid, que ya habrá de ser Barcelona, porque, donde asiste quien es de mi alma el dueño, ese es mi centro, mi tierra y habrá de ser eterna habitación.

—Menos ponderativo os quisiera —dijo Victoria—, que sois de la Corte, y, como hijo suyo, se os habrá pegado el saber encarecer lo que no sentís.

—Doce años ha que falto de mi patria —repliqué—; esos ha que asistí siempre en Flandes, tan connaturalizado en aquel país, que todo lo que de Cortesano en esa parte puede llevar, lo perdí.

—¿Qué hacéis en esta ciudad? —me preguntó luego.

—Llegué aquí —le dije— habrá seis días de Italia, por donde quise venir desde Bruselas, por verla, y estaba de partida para Madrid a mis pretensiones; mas otras, que más me importan me estorbarán que las emprenda, aunque tope en mi reputación.

—Y ¿cuáles eran las de Madrid? —replicó ella—. Que las de aquí, yo aseguro, que no sean las del verdadero cuidado vuestro.

—Presuponiendo que sí son —dije yo—, os respondo, que las que me llevaban a Madrid son la remuneración de mis grandes servicios, que procuro sean con un hábito y una encomienda.

—Mucho se parecen a las de la significada voluntad —dijo Victoria—, pues no queréis que la espera merezca por sí.

—En la de Madrid —repliqué—, ayudarán a mi despacho la justicia y la razón si a las dos cosas atienden los que han de hacer mi consulta; mas en las de aquí, aunque por la justicia, que de mi parte tengo, pueda esperar favorable despacho, por lo que espero que me deberéis la razón viendo lo poco que valen mis méritos, no dudo que me detenga el despacho. Mas como yo supiese que había de salir en mi favor, años y siglos que yo tuviese de vida pasaría en espera deste premio.

Por excusar el que pasase adelante con la plática, se levantó la hermosa Victoria, diciendo:

—Quien tuviere buenos servicios puede prometerse buen despacho en sus consultas. Mucho se hace con el tiempo, méritos acrecientan la paciencia. Ella sea mi desengaño, que si me destierra algunas sospechas, y os veo más catalán que castellano, aun podrá ser.

Y en esta razón me dejó, volviéndose al genovés que estaba hablando con su prima a quien dio las gracias de haberse puesto en el riesgo pasado por ella, y así, despidiéndose de nosotros, me dijo al salir de la Capilla:

—Señor don Félix, quien os ve tan de camino y ausente de la patria doce años, juzgad a qué podrá aventurarse.

—El tiempo que aquí asistiere, que será lo que vos gustáredes —dije yo—, responderá por mí.

—Experiencias os acrediten —dijo ella—, que de la promesa no tengo que quejarme.

—Ni de la asistencia tampoco —la repliqué—, que yo me quedo sin saber por qué orden, os pueda volver a besar las manos, aquí o en otra parte.

—No os digo el cuando —dijo ella—, por estar subordinada al gobierno de un hermano que tengo, pero será presto; en tanto me avisad de vuestra salud.

Con esto se despidieron, dejándome el hombre más contento del mundo y ya sin ningún deseo de venirme a Madrid. El caballero genovés, camarada mía, quedara no menos picado que yo de la prima de Victoria, sino supiera de su boca que estaba tratada de casar con un caballero de Valencia, que esperaba dentro de veinte días.

Los heridos llegaron muy al cabo, mas como eran mozos, dentro de un mes cobraron entera salud, y de su pendencia no se supo haber sido nosotros los que los habían herido, ni aun ellos mismos

supieron dar fijamente las señas, que, como Barcelona está siempre con tantos forasteros que van y vienen de Italia y otras partes, tienen casos, como estos, inaveriguable la pesquisa por parte de la justicia. Con esto pudimos salir del Convento, sin las galas de soldados para no extrañar a la vista de los naturales y renovar sospechas en los ofendidos.

En este tiempo se efectuaron las bodas de doña Marcela, la prima de Victoria, y en ellas quisieron los caballeros de la Ciudad regocijarlas con una lucida sortija en la cual entré por haber trabado amistad con dos Caballeros catalanes que había conocido en Flandes. Gané dos premios en la sortija que di a doña Victoria y a su prima. Aquella noche de la boda hubo un sarao en casa de don Jaime, donde acudí con mis amigos y, tuve tan buena suerte que, dancé con mi dama. Díjome cómo iba a Valencia, acompañando a su prima y a ver aquella Ciudad, que, si disfrazado quería seguirla, gustaría mucho dello. Ofrecíme a obedecerla, el hombre más contento del mundo y así, dentro de tres días que partieron de Barcelona, con voz de que iba a Madrid, me partí a Valencia alcanzándoles dos jornadas antes de llegar a aquella célebre Ciudad, donde, mudando el hábito en el de mozo de mulas, pude asistir cerca de la presencia de Victoria. Contaros, amigo, lo que se holgó de verme la primera vez, sería alargar mucho este discurso, y por no ser prolijo en él, solo os diré que, con mi invención, se obligó tanto que ya me favorecía con muestras de gran voluntad. Estuvo en Valencia un mes, en el cual tiempo fui favorecido de mi dama, en lo que lícitamente, sin ofensa suya, pudo, informándose entonces de quién yo era, por persona que de propósito envió a Madrid a saberlo, y le trajo las nuevas que deseaba. Siempre asistí en Valencia embozado, sin salir de casa de día, y de noche nos veíamos mi dama y yo por un jardín, amparándonos con su protección la hermosa doña Marcela, por dar gusto a su prima, a quien amaba como si fuera su hermana. Tenía el esposo de doña Marcela su hacienda en Gandía, donde he fueron a vivir, y por esto se volvieron don Jaime y su hermana a Barcelona, en cuyo camino, con el mismo disfraz que había venido, la acompañé sin dar sospecha alguna a don Jaime. Llegados a aquella ciudad fue preciso volver los ojos de los que antes me conocían, diciendo que había vuelto a esperar a un tío mío que aguardaba cada día de Nápoles.

El despreciado don Jorge, no obstante que Victoria le aborrecía como habéis oído, con su venida de Valencia se atrevió a volverla a servir públicamente de día y de noche, de suerte que no se quitaba de bajo de sus rejas siendo su asistencia causa de estorbarnos muchas noches el hablarnos. Y si bien andábamos con el recato posible, guardándonos así dél como de don Jaime, fue nuestra desgracia tal, que una noche, para darme Victoria un aviso con un papel de cierta holgura a que había de acudir para que me hallase en ella, pensando ser yo el que le aguardaba, arrojóselo a don Jorge que, leyéndolo, vio en él el aviso que me daba, juntamente con el estilo amoroso con que nos comunicábamos, con lo cual dio lugar a que los rabiosos celos se aposentasen en su pecho, y anduvo desde entonces con mayor cuidado. No me hallé en la holgura y averiguando la causa Victoria por otro papel, me disculpé con no haber sido avisado della, pero asegurándome que lo había hecho y dádome el papel, como viese que porfiaba en ello, sospechó que por yerro se había dado a otro y éste presumió ser don Jorge, que pocas veces faltaba de su calle. Vimos presto ser verdadera la sospecha, porque, sobornando el impertinente caballero a una criada de mi dama, supo della cómo era yo el que la servía. Era algo tímido o por fiar poco de sus manos o por escarmentado de la pendencia pasada, y con lo que le dijeron, descubrió luego el autor de su herida, y así quiso intentar un medio extraño y fue pedir a su hermano don Jaime por esposa a doña Victoria. Hízolo, mas don Jaime no se resolvió a darle la respuesta sin el consentimiento de su hermana. Comunicó con ella el deseo de don Jorge y halló repugnancia en su voluntad suplicándole que antes la diese un hábito de Religiosa que casarla con un caballero tan contra su gusto. Excusóse don Jaime con don Jorge, con las mejores razones que pudo diciéndole que su hermana no tenía voluntad de casarse por entonces, y que él la quería tanto, que no la forzaría por ningún caso a tomar estado, sino cuando ella tuviese mucho gusto en ello, que para su casa le fuera de mucha honra el tenerle por hermano, mas que faltaba a esto la voluntad de su hermana, que era lo importante.

Estimó don Jorge las corteses excusas de don Jaime y díjole:

—Bien creo que mi señora doña Victoria no tendrá gusto de honrar mi casa, siendo mi esposa, porque le ha puesto en quien dudo que iguale a mi calidad, ni a la suya, que sospechoso desto, que ya hallo cierto, quise averiguar su gusto, y ahora conozco que nace de su desprecio el no conseguir mi deseo. Esto os sirva de aviso para que tengáis cuidado con vuestra casa, porque me dicen favorece a un Capitán castellano, que dice asistir aquí a solo aguardar un tío suyo, que ha de venir de Italia, y esto es capa, para estarse de asiento a recibir los favores que vuestra hermana le hace; aprovechaos de mi aviso para hacer lo que más os convenga que yo cumplo con hacer esto ya que no he merecido el título de hermano vuestro.

Dejó con esto a don Jaime y fuese, quedando el noble caballero admirado de lo que le había oído, y dudoso en lo que había de hacer para averiguar lo que don Jorge imputaba a su hermana, determinóse a rondar su calle disfrazado teniendo por cierto que me hallaría en ella si yo, como decía el envidioso don Jorge, estaba tan favorecido. No se le lució el cuidado, porque no faltó quien, oyendo la plática de don Jorge, que fue una criada de doña Victoria, le dio cuenta de todo y ella me avisó dello y advirtió cuánto importaba el deslumbrarle a su hermano, no pasando yo por su calle de día ni de noche, que ella buscaría modo de vernos. Sabe Dios, Lisardo, cuánto sentí la privación de ver a mi Victoria, cuántas veces maldije a don Jorge y cuántas me determiné a quitalle la vida, si la consideración de ver lo que perdía por este camino no me lo estorbara. Al fin me pasé desta suerte más de doce días de mi sentimiento, hasta que una noche, no pudiendo ya sufrir tanta dilación en ver a mi dueño, me determiné a pasar por su calle a las once de la noche. Halléla con quietud y haciendo la seña acostumbrada, salió Victoria a la ventana donde estuvo hablando conmigo cosa de media hora, consolándome con que su hermano no había averiguado nada de lo que don Jorge había dicho, y que así vivía con seguridad, sin haberla a ella dado cuenta de su sospecha. Estábamos en nuestra plática los dos divertidos, cuando don Jaime, celoso del honor de su casa, se levantó y puso a la ventana y, sintiendo que de la otra de más arriba de su cuarto hablaban en la calle, se pasó a la que caía debajo della, para oír lo que hablábamos; mas fue a tiempo que Victoria lo sintió, y, haciéndome ir de la calle, se fue a acostar, con que no pudo del todo averiguar lo que deseaba, si bien quedó receloso, aunque no cierto si era Victoria, o alguna criada suya la que hablaba; mas para remediar esto ora fuese verdad o no, despachó otro día a un criado suyo a la ciudad de Lérida, donde estaba una dueña que había sídolo de su madre muchos años, y ésta se había retirado a su patria con su hacienda a descansar. Escribióla don Jaime una carta muy regalada en la que la pedía encarecidamente que se fuese a holgar por unos días con su hermana que era muy deseada en aquella casa. Leonarda, que este era el nombre de la dueña, como había criado a los dos hermanos, y les tenía grande amor, quiso obedecer a don Jaime, y así en una litera, que el criado le buscó, vino a Barcelona, donde fue muy bien recibida de los dos hermanos, principalmente de Victoria, la cual no sabía para qué fin era venida hasta después, que, a saberlo, no la recibiera con tanto gusto. Descansó la anciana Leonarda ocho días y al noveno pareciéndole a don Jaime que su hermana dormía la siesta, se retiró con Leonarda a una pieza de su cuarto, al mismo punto que echándola de menos Victoria, quiso saber qué hacía con su hermano y, por otra parte del cuarto, vino a dar a una pieza antes de la que los dos estaban, donde llegó con mucho silencio por ver qué hacían, y puesto el oído al agujero de la llave, pudo oír a su hermano unas razones equivalentes a éstas:

—Bien creo, Leonarda, que estáis cierta del mucho amor que os tengo, reconocido siempre, que desde los pechos de las amas que nos criaron a mí y a Victoria, tuvisteis a cargo la crianza de los dos, con especial cuidado y amor y, agradecida mi madre desto al tiempo de su muerte, os encomendó a mi padre tanto como a sus propios hijos, y él, lo cumplió tan bien, que os dio de su hacienda lo bastante para que pudiésedes retiraros a vuestra patria a descansar, viendo que era vuestro gusto éste, que, a saber que le teníades en asistir en su casa, nunca en él faltara de teneros en ella, estimándolo mucho. Estaréis suspensa sin saber en que ha de venir a parar este largo exordio que os he hecho después de haber enviado por vos, con fin de que viniésedes a holgaros con Victoria. Pues agora sabréis el que me ha obligado a traeros a su compañía, si me dais atención. Yo he deseado casar a mi hermana con un Caballero desta ciudad, noble y de buenas partes y proponiéndola cuán bien le estaba a nuestra casa el hacerse este casamiento, la hallé con poco gusto en admitirle, cosa que me hizo novedad por haber conocido en ella siempre una obediencia, no de hermana, sino de hija. Por lo cual me prometiera que no desestimara cosa que yo la propusiera. dio por excusa el de ser muy poca edad, que quería asistir en mi compañía más tiempo, con que ya no pude apretarla en esto y así di su respuesta al Caballero, el cual, o picado del desprecio o, lo más cierto, ce-

60

loso con no haberle respondido a su gusto, me dio a entender que Victoria favorecía un Capitán Castellano, que asiste aquí y me avisó que anduviese con cuidado en guardar mi casa. Este tuve de allí en adelante y en una noche hallé hablando un hombre a las rejas del cuarto de Victoria, pero con tanto recato hablaba en tan baja voz, que no pude distinguir el oído si era mi hermana o alguna criada suya. Esto me ha movido a enviar por vos, y así os pido encarecidamente si deseáis mi quietud y la conservación de su opinión, os quedéis en su compañía, no a servirla, sino a ser dueño desta casa y tener cuidado con ella, que yo me prometo de vuestra fidelidad y amor que, asistiendo con mi hermana, nadie se atreva a ponerla objeción alguna.

Atenta escuchó Victoria lo que su hermano había dicho a Leonarda y pesóle grandemente de saber de cierto a lo que había sido venida de su tierra, puso atento el oído a escuchar lo que ella le respondía don Jaime, y oyó decirle razones en su halago, como quien le tenía entrañable amor, deslumbrándole con la asentada opinión de Victoria las sospechas, pero, juntamente con esto, le prometió servirle en lo que mandaba con mucho cuidado, el cual le perdonara Victoria porque sabía de su condición cuán severa la tenía y que no la hiciera humana solicitud divertirla a otra cosa que a guardarla de los ojos de todos con mucho cuidado. Este tuvo de allí adelante Leonarda, tan grande, que no era posible aun tener lugar Victoria para avisarme por un papel desta novedad, porque, en tomando la pluma, estaba luego con ella y quería saber qué escribía y a quién, cosa que la era grande martirio. Al fin en un poco de lugar que Victoria tuvo, que los amantes, cuando quieren de veras, toda dificultad vencen, me pudo escribir un breve papel, avisándome del estado de sus cosas y lastimándose de su desgracia con que yo estuve sin juicio, viendo cuán empeñada tenía la voluntad y cuán dificultosamente me vería con Victoria y, deste cuidado con que estaba siempre, me sobrevino una enfermedad con que llegué a lo último de mi vida. Supo mi mal Victoria por orden de una amiga suya hermana de un caballero amigo mío y ésta le dio cuenta de mi peligro, con quien la afligida dama se declaró en su afición con el mayor disimulo que pudo, reprimiendo las lágrimas por la presencia de la anciana Leonarda, que siempre estaba con ella; mas con todo la dijo cuánta voluntad me tenía y cuán imposibilitada estaba de poderme favorecer que lo que la pedía era, que me procurase visitar, y en la visita me significase esto con todo encarecimiento, para que yo cobrase algún aliento y que por el camino nos podíamos corresponder. Compadecióse la amiga de doña Victoria y tomó muy a su cargo mi consuelo. Viéndome esotro día y esforzándome con que yo me alivié algo y desde entonces con algunos recaudos de mi dama que recibí por esta orden, vine a cobrar salud. Ya estaba con determinación de venir a Madrid a poner las cosas de mi hacienda en razón y volver a Barcelona a pedírsela por esposa a su hermano, cuando un anciano caballero de aquella ciudad, habiendo acabado una casa de placer junto a Barcelona, quiso festejar en ella algunas damas deudas y conocidas suyas a quien convidó para un banquete y una comedia que después dél se hacía de noche. Entre las convidadas fue una mi Victoria, acompañada de su vigilante dueña, que su hermano no pudo hallarse allí por una forzosa ocupación. Para que yo me hallase en esta holgura fui avisado por un papel suyo que, por orden de la amiga, se me dio: en él decía estas razones:

En tanto que vuestra partida se dispone, don Félix mío, para el fin que sabéis y a mí me ha de estar tan bien, se ha ofrecido el ir a una holgura; sabe el cielo que he aceptado, más por veros en ella que por gusto que tengo de hallarme en tales fiestas. Tengo trazado de hurtarme a los ojos de todos y de mi nueva aya que, con la mucha gente podrá ser fácil para verme con vos todo el tiempo que la fiesta durare, que por no estar ahí mi hermano no será notado. Estad prevenido en la mejor forma que viéredes que conviene a mi reputación. Dios os guarde.

Con este papel que recibí me vi el hombre más gozoso del orbe, haciéndoseme mil siglos cada instante. Fuime el día siguiente a la Quinta y en otra cercana a ella concerté, con dineros que ofrecí, con su jardinero que me abriese la puerta y dentro de la casa permitiese el verme con una dama que vendría allí. Todo lo allana el interés y así hizo este efecto pues no faltó en su palabra el sobornado jardinero. Llegóse, pues, la hora de juntarse las damas y yo, disfrazado con el vestido de mozo de silla, estuve siempre cuidadoso hasta que llegase la ocasión de verme con Victoria. No la quiso perder quien tanto la deseaba y así, en el ínterin que se encendían luces para la comedia, entre la confusión de las damas y caballeros, pudo escaparse Victoria y llegar a la puerta del jardín donde yo estaba. Conocíla al punto, y llegándome con disimulación sin que nadie advirtiese en ello, la apreté una mano, reparó en mí, y conociéndome, se retiró adentro donde se embozó como mejor pudo, y, con los chapines en la mano, se salió conmigo. Teníale apercibida una silla con sus mozos donde nos entramos los dos, por ser así menos notados. Y guiando un criado mío que estaba de escolta, nos llevaron a la Quinta referida donde contaros lo que los dos pasamos celebrando nuestras vistas, sería hacer este discurso más largo; solo os digo que, queriendo atreverme con la ocasión y lugar a querer gozar lo que mis deseos tanto habían merecido, no fue posible con darle antes a Victoria, la mano de esposo delante de mis criados. Allí estuvimos más de dos horas largas y, en medio de nuestra gustosa conversación, donde tantos favores me hizo mi dama, nos interrumpió el gusto un portentoso ruido que oímos, y estando cuidadosos de lo que sería, entró un criado a decirnos:

—Señores, ahora acaba de suceder una de las mayores desdichas que se han oído ni escrito en el mundo, en esta Quinta donde se hacía esa fiesta, y es que, en medio de ella, se cayeron las bóvedas de la sala donde se hacía y con ellas todo el edificio de encima, de suerte que ha cogido a todos debajo, y creo que no ha escapado persona. Dejónos atónitos y sin sentido la relación de la fatal ruina, sin saber qué pudiésemos hacer en tal caso. Pedí licencia a Victoria para ir a saberlo, pues el disfraz con que estaba nos lo permitía, y, saliendo de la Quinta, hallé ser el daño más de lo que el criado nos había dicho, porque ninguno de cuantos en la sala de la fiesta estaban, pudo escaparse sin dejar de cogerle debajo la trágica ruina. Acudió luego mucho gente de la ciudad a ver el lastimoso espectáculo y, por parecerme que por la vecindad de la Quinta donde estaba mi dama acudirían a ella y sería vista, me determiné a llevarla en la silla a la ciudad, diciéndola, que era de parecer, visto cómo había pasado el caso, que no se manifestase pasando plaza de muerta entre los muchos que lo eran que, de hacer lo contrario, ponía a su hermano sospechas de haber estado en lugar no conveniente a su reputación, que yo me la llevaría a Madrid donde, después de haber celebrado nuestras bodas, daría parte dello a don Jaime. Parecióle a Victoria cuerda resolución mía, si bien estaba la más penosa mujer del mundo, de lo que había sucedido, pues era cierto haber muerto allí todas las amigas que con ella habían ido a holgarse. Con esto llevé a mi dama a la posada haciendo que con secreto estuviese retirada en ella.

El día siguiente fue todo confusión en la Ciudad, porque ninguno de cuantos en la sala se hallaron a ver la comida escapó con la vida. Contaros los llantos que hacían los padres por las hijas, los maridos por sus mujeres, los hermanos por sus hermanas, era para causar de nuevo compasión. Solo os diré que don Jaime, como los demás, andaba cuidadoso y afligido buscando los cuerpos de Victoria y Leonarda para darles sepultura. Muchos fueron los hombres de trabajo que concurrieron a quitar la tierra del arruinado edificio para sacar debajo los que entre ella, maderos y tablazón estaban sepultados. Y llegando a topar con los cuerpos, os puedo jurar, como quien se halló presente, que fue una de las mayores lástimas del Orbe, ver el desbrozo que en aquellos cuerpos hizo el daño. Allí se renovaron los llantos conociendo cada uno al que había perdido en aquella trágica holgura o por el vestido o por el rostro, si alguno había que el daño le hubiese dejado con enteras facciones. Confuso se vio don Jaime en no hallar el cuerpo de su hermana entre los demás aunque le buscó con mucho cuidado, y, pensando que con los otros cuerpos se habría llevado por yerro, procuró de nuevo hacer diligencias, mas fue en vano. Al ' fin con el cuerpo de Leonarda se retiró a su casa a quien dio honradamente sepulcro y por su hermana, como a difunta, le hizo exequias cubierto, de luto él y toda su familia.

Ocho días estuve en Barcelona después de esta desgracia, que no lo fue para mí pues asistía en compañía de mi hermoso dueño con quien ruegos ni caricias no bastaban para que yo gozase el premio de mis finezas, remitiéndole para cuando en Madrid fuésemos velados in facie ecclesiae, cosa que yo hube de pasar por ella, por no disgustar a Victoria. Concertamos nuestra partida y, para ir con más secreto, dispuse que fuese vestida de varón; prevínele lo necesario y en tal hábito la saqué de la ciudad, yendo el hombre más contento del mundo por traer a mi patria esposa tan de mi gusto y que tanto mostraba quererme. Pero como la fortuna nunca da los gustos estables, antes como mujer usa siempre de su inconstancia, quiso que durase poco mi contento, con lo que ahora oiréis.

Dos jornadas habíamos andado, cuando, una tarde calurosa de verano, llegamos a una pequeña aldea en cuya entrada estaba una casa de placer, que a la vista nos pareció hermoso edificio y recreable estancia, por la amenidad de árboles que la cercaban en torno, umbrosas guardas de un ameno jardín no obstante que estaba cercado de fuertes paredes que adornaban verdes y enlazadoras yedras y trepadores jazmines. Por unas rejas que, a trechos tenía, se manifestaba la compostura de los cuadros y las artificiosas fuentes que tenía. Llegó Victoria, aquí con mucha sed y, por no haber de parar en aquel lugar hasta otro donde hacíamos jornada, quiso satisfacerse del agua de aquellas fuentes cuyo antojo, nunca yo lo intentara, quise cumplirle. Llamé en aquella casa y saliendo a responder un hombre de ella, me pareció haberle visto, aunque no me acordé bien a donde, mas él me conoció mucho mejor, aunque lo disimuló cautamente. Pedimos el agua para Victoria y ofrecióse a traerla con mucho gusto. En tanto que volvía con ella, vimos que de la parte del jardín se había abierto una ventana que estaba con unas vidrieras, a la que se puso gente, y ésta caía muy cerca de donde estábamos. ¡Qué dañoso le es vivir sin recato, quien le importa retenerle; dígolo porque no advertimos en que Victoria se cubriera el rostro y así pudo ser vista de la gente que estaba detrás de las vidrieras. Llegó el hombre que había ido por el agua, que se tardó algún espacio en traerla y, dándomela a mí, se la llevé a Victoria. Aquí pude notar que, curiosamente, llegó el hombre a los dos y nos miró con mucha atención, cosa que me dio algún cuidado por entonces. Agradecíle el socorro y con esto partimos de allí llevando conmigo una pena de haberme detenido en aquel sitio, aun sin saber el daño que me pudiera venir dél. Al salir del lugar topé con un labrador y preguntéle cúya era aquella amena recreación, no sin algún recelo y cuidado, que me parecía que el corazón me profetizaba el daño que de allí me había de venir. Respondióme ser de don Jorge Centellas de quien era también aquel lugar y que asistía entonces en aquélla casa de placer en cuya fábrica había gastado gran suma de ducados. No os podré significar con razones, amigo Lisardo, cuántas penas recibí con estas nuevas y así me lo conoció Victoria a quien di parte de mi enfado, procuré, receloso de alguna novedad, torcer el camino que llevaba y seguir otro y así, diciéndolo al mozo de mulas y ofreciéndole buena paga por ello, dejó el camino que iba a Zaragoza y tomó el de Valencia; pero no aprovechó toda esta diligencia para excusar lo que veréis.

Tres jornadas habíamos caminado cuando a prima noche llegamos a dormir a un pequeño lugar donde nos apeamos en un buena posada y, mientras se aderezaba la cena y Victoria rezaba sus devociones retirada a su aposento, ya me salí a gozar un poco del fresco que venía caluroso. Al doblar por una esquina y otra calle para salir a una placeta, sentí que me venían siguiendo, y vi ser dos hombres; paréme y ellos hicieron lo mismo, hablando el uno con el otro en secreto: receléme de ellos previniéndome para lo que sucediese, y, presumiendo que por ser forastero sería tenido por otro, proseguí con mi paseo. Volvieron a seguirme como antes, y yo segunda vez a pararme. Llegóse el uno dellos a mí, diciéndome:

—Señor hidalgo, díganos cómo se llama, que nos importa saberlo, por si acaso es el que buscamos.

Yo, disimulando la voz natural con otra fingida, les respondí:

—Aunque por recién llegado a este lugar, pudiera deciros mi nombre; por si me puede importar el ocultarle no os podré dar gusto en decírosle: ved si en la voz conocéis ser yo el qué venís buscando, que aquí me hallaréis para lo que quisiéredes.

Esto, y terciar la capa y empuñar la espada todo fue a un tiempo. Ya traían ellos desnudas las suyas y, acometiéndome, nos convenzamos a acuchillar y quiso mi fortuna que, siéndome favorable aquí por mi desgracia, yo acertase con una punta al uno en la garganta con que al punto cayó en tierra herido mortalmente y pidiendo confesión. Viendo esto el compañero, desamparó la calle, aunque no tan a su salvo que no llevase una herida, al irse, en la cabeza, dejándome su sombrero a mis pies. Visto lo que había hecho y no sabiendo las calles del lugar, me fui de una en otra hasta salir al campo, donde pude ver un monasterio. Llegué a él a hora que estaban las puertas cerradas; pero llamando a la campanilla de la portería, me abrieron, di cuenta de lo que me había sucedido al portero y él la fue a dar a su Prelado, en cuya presencia me vi brevemente; tornéle a referir el caso, y él me animó ofreciéndose hacer salir, con achaque de que se iba a confesar a un enfermo, quien supiese en qué estado estaban las cosas. A mi persuasión me vistieron un hábito y, por compañero suyo salí con un religioso y, habiéndole dado las señas de mi posada, me llevó a ella. Hallámosla toda revuelta, y dentro la justicia haciendo averiguación de quién eran los huéspedes que allí habían posado. El mesonero decía no saber desto más de que a prima noche habían llegado de Barcelona. Entró el religioso y yo con él al tiempo que replicó el Alcalde al huésped:

Y estos que se llevaban de aquí aquel mancebo, ¿no sabremos quién son?

—¿Quién ha de saberlo tampoco? —le replicó—. Solo sé deciros que uno dellos entró en esa sala, donde se había apeado con el otro que le acompañaba y oí que le decía:

—¿Son estos, infame hermana, los buenos respetos que debíades guardar a vuestra generosa sangre y a las obligaciones de vuestro estado? ¡Cuánto más valiera que en aquella fatal ruina de la Quinta pereciérades con los demás que no con tanta deshonra de vuestro linaje viniérades en ese traje vil en compañía de quien no conocéis! Y a esto la disfrazada no dio respuesta alguna, sino, con el susto de haber sido hallada del hermano, caerse desmayada sobre una cama. Tomóla en sus brazos y, a pesar de los criados que la defendían, la pusieron a caballo y partieron con ella a toda prisa de aquí.

No pude, amigo, oyendo lo que el mesonero decía, resistir la pena que entonces me sobrevino y así, dando un profundo suspiro, me caí de mi estado desmayado al suelo. Acudió el Religioso, a quien acompañaba, a tenerme y las demás gentes también. Quiso saber el Alcalde qué había sido aquel repentino desmayo y haciendo, a pesar del Religioso, que trajesen una luz, me vio el rostro y como los crecidos mostachos desdijesen de aquel santo hábito que llevaba, sospechó luego que yo era el que había muerto a aquel hombre; mandó a dos hombres que, tomándome en brazos, así como estaba, me llevasen a la cárcel, al tiempo que volví en mi acuerdo, y conociendo en el estado en que estaba, sacando una daga, procuré defenderme; mas cargó tanta gente sobre mí que me rindió, llevándome a la cárcel donde me cargaron de prisiones, desnudo ya del hábito que se le entregó al religioso, el cual me consoló cuánto pudo y se volvió a su convento dando cuenta al Prelado de lo que había sucedido.

Viéndome en aquel estado estuve mil veces por darme la muerte si el ser Cristiano y el perder la salvación no estorbasen estos gentílicos intentos. También pusieron en la cárcel a mis dos criados, embargándome toda mi ropa. Allí estuve cerca de tres meses sin haber persona por parte del difunto que me pidiese nada, con que el rigor del Alcalde se moderó algo, dé modo que hizo aliviarme las prisiones, dejándome con sola una cadena, no muy pesada, y a mis criados con grillos. Entre los compasivos que acudían a verme, era un caballero de aquel lugar llamado don Luis. Este se me mostró tan aficionado mío que fue siempre el que me acompañaba en la prisión y con quien yo comuniqué todas mis cosas. Ofrecióse a enviar un criado a Barcelona a saber de raíz lo que pasaba en casa de don Jaime: esto hizo por dar algún alivio a mi pena. Hizo su jornada y volvió della dentro de quince días, habiendo sabido que el hermano de mi dama no estaba en Barcelona sino en Valencia donde se había llevado a doña, Victoria, y, entrándola en un Convento, si bien no con el hábito de religiosa, que no se pudo acabar con ella que se le pusiese, diciendo ser esposa de don Félix de Vargas, caballero de Madrid.

Gran consuelo me dieron las nuevas que el criado había traído, con que me alenté algo; pero, por certificarme mejor de la voluntad de Victoria, pedí a mi amigo don Luis enviase a su criado otra vez a Valencia, para que diese a Victoria, si fuese posible, una carta mía en la que la quería dar aviso de mis cosas. Volvió a darme gusto el buen caballero y así partió a Valencia su criado que, con su buena diligencia, tuvo modo, aunque con dificultad, de verse a solas con mi dama y darla mi carta, con que se holgó en extremo de saber que, aunque en prisión, tuviese salud. Respondió a mi carta estas breves razones:

Querido esposo mío; por aviso de don Jorge, señor de aquel lugar por donde pasamos, vino en nuestro seguimiento mi hermano por la posta y, con la violencia que habréis sabido, me llevó de ese lugar, trayéndome a este Convento donde ha intentado su crueldad que tome el hábito, pareciéndole que no me igualáis en calidad, y que es mentira no ser vos quien decís. Yo le persuadí a que se informase de la verdad, mas como a él le está bien que yo sea religiosa por la gruesa hacienda que espera heredar con mudar yo de estado, porfía que lo tengo de ser. Mi resolución es la de siempre, de ser vuestra. esposa. Deseo el buen suceso destas cosas y en primer lugar el veros fuera de esa penosa prisión, para que, con vuestra libertad, yo la tenga saliendo de aquí a gozar de vuestra deseada compañía. Vuestra esposa.

Con esta carta quedé el hombre más contento de la tierra y haciendo diligencia en que sentenciase mi pleito, amenazando al alcalde que haría que se le inhibiese por el Consejo de guerra, se determinó a darme por sentencia que diese cierta cantidad de dinero para obras pías. Halléme entonces falto dél y pudiendo dar aviso desto a mi madre, por no causarle pena, me resolví en escribir a la ciudad de Cuenca a un deudo mío, a quien di cuenta de mi prisión y suceso, y pedí me socorriese con el dinero que se hallase para salir de la prisión. Hízolo luego, viniendo al mismo lugar él en persona, donde brevemente fui puesto en libertad. Fuime con él a Cuenca, sintiendo el despedirme de mi amigo don Luis. Desde allí volví a escribir a Valencia a mi dama, y de su respuesta supe como su hermano era venido a Madrid, a solo matarme, para que con mi muerte consiguiese mejor su pretensión, que era ver a su hermana Victoria religiosa en el Monasterio donde estaba. Esta es, amigo, mi historia para que con ella os consoléis de vuestra pena considerando no ha sido menor la que yo he tenido y aun me falta por pasar. En vuestra buena compañía me vuelvo a donde está mi esposa para ver si hay modo de sacarla del Convento y traerla a Madrid a pesar de su hermano.

Mucho se admiró Lisardo de los sucesos de su amigo don Félix, siéndole algún consuelo para los suyos su agradable compañía, y así, con la suya, ofreció servirle en cuanto pudiese para conseguir su pretensión. El fin de la relación de don Félix y el de su jornada fue a un tiempo. Llegaron a un buen lugar cuando la Aurora mostraba su primera luz, donde tomaron posada para reposar del cansancio de su camino.

Libro III

Habiendo descansado los dos amigos todo el día cuando las hermosas luces del firmamento, con la que les prestaba el luciente Planeta, bordaban el célebre manto, se pusieron a caballo y, platicando en varias cosas, caminaron más de tres horas largas hasta que, faltándoles conversación, quisieron que les entretuviese con alguna cosa Negrete, el criado de Lisardo, al cual mandó su amo que cantase algo para divertirles: él, viendo que le prestaban atención, rompió el silencio de esta suerte:

> A la sombra de una parra,
> de Baco lisonja alegre,
> cantaré de Juan de Esquivias
> un chiste: atención me presten.
> No mendigaré favores
> De Aganipe ni Hipocrene,
> pues me los ofrece Coca,
> Lucena, Alanís y Yepes
> Érase el hombre más diestro
> que en tabernas de la plebe
> con vaivenes de la taza
> dio pasajes al gollete;
> el que con más puridad
> remitió al gusto sus veces,
> y sin ser Duque en Veraguas
> fue Colón de los luquetes.
> El que sin codicia Indiana
> renunció cargos de allende
> que en ser pasados por agua
> hasta los huevos le ofenden.
> El que en ser fistol se funda
> que le han de dar los Regentes
> por el Consejo de Italia
> solo a brindis que gobierne.
> El que a las palustres aves

aborreció sumamente,
pues su mesa nunca admite
cosa que en agua asistiere.
El que a los grajos se inclina
porque a su apetito acuerden
la mitad de Hipocrás
que están pronunciando siempre,
El que en la pueril edad
nunca oyeron que dijese,
¡agua Dios!, agua, cantando,
tanto los vinos le deben.
El que en un francés achaque
los sudores aborrece
y agua de zarza repudia
por más que se la receten.
El que al linaje de Aguayos
notable ojeriza tiene
y solo con los sarmientos
se trata amigablemente.
El que da que sospechar
que peca un poco en hereje,
pues la mitad de Calvino
de su memoria no pierde.
Este, pues, protocolaga,
congregación de claretes,
cónclave de los tintillos,
y hospicio de moscateles,
atreviósele un aloque
y él, por triunfar de sus sienes,
de su estómago piloto
subió a la cholla grumete.
Cebado con lo raspante,
tantos polvos van y vienen,
que con la gran polvareda

perdimos a don caletre.
Con candiles en la vista,
    en los párpados con pliegues,
    con equis en todos pasos,
    y en las palabras con erres,
en un rocín matalote,
    despuntador de alcaceles,
    insensible por la panza,
    y contra espuelas rebelde,
subió a pesar de sus cascos
    para que al campo le lleve
    más fiado de su instinto
    que no del freno que muerde.
Parte el pesado trotón
    y él que va entre sus borrenes
    como si fuera en colchones
    acomodado se duerme.
Risueños dél, burlan todos
    los que miraban su quiete,
    esperando de un batuque
    mil vomitados asperges.
Con el pajizo xigote,
    sin que con grano se mezcle,
    el gaznate del cuartago
    sed insufrible padece.
Guió a la puerta cerrada
    donde de coritos tiene
    noblejas entretenidas
    con su licor una fuente.
Estos en asnal bagaje
    conducen a todo albergue
    en hechuras de alcorcón
    lo que dan cuatro vertientes.
El susurrante rumor

apenas entrada emprende
en la oreja del cuartago
cuando al pilón arremete.
La furia con que llegó
hizo al dormido jinete,
sin valerle los arzones,
que, por las orejas vuele.
Hallóse en el chafariz
hecho un remojado arenque
que, en común adversidad,
los contrarios se convienen.
Por no tragar su enemiga,
cerraba labios y dientes,
aunque quisiera en tal trance
cerrarlos con seis corchetes.
Venció el elemento frío
y en él, rendido, se tiende,
donde en lugares vedados
ya victorioso se mete.
Gustoso celebra el vulgo
de Esquivias la acción patente
y este epitafio le ponen
por si en el agua fallece:
Yace entre cristales fríos
un estómago caliente,
teatro en quien tantas zorras
han hecho tantos papeles.
Viendo su pellejo aguado
los taberneros prometen
valerse del ejemplar
porque su caudal se aumente.

Con el mismo aplauso que al romance primero celebraron a Negrete
previniéndole que recorriese su memoria para entretenerles cuando les

faltase materia de que hablar, porque caminando de noche, así por el calor como por la seguridad de Lisardo, era cierto el vencimiento del sueño, no habiendo con qué le engañar. Llegaron, pues, a un verde prado cuando la hermosa Diana esparcía sus plateados rayos por el Oriente y vieron con su luz clara los dos amigos ser apacible lugar aquél para descansar allí un rato, y que, en tanto, paciesen sus cabalgaduras. Apeáronse dellas tendiéndose en el verde suelo cerca de una cristalina fuente, cuyo apacible murmurio les convidó a gozar de sus claros cristales. Entretenidos estaban con sus criados los dos amigos, que el buen humor de Negrete les hacía olvidar sus penas, cuando al ameno sitio llegó un hombre a todo correr en un ligero rocín, el cual les dijo algo turdabo:

—Nobles caballeros, si la piedad se aposenta en vuestros pechos, como infiero de tan buenas presencias, ésta es ocasión para que uséis della, estorbando una peligrosa pendencia entre dos gallardos caballeros que se acuchillan detrás deste vecino collado. La causa no os la sabré decir más de que, llegando allí juntos, que es el sitio donde tengo un poco de ganado, se apearon de dos alentados cuartagos diciendo el uno al otro: éste me parece lugar más conveniente para que uno de los dos pierda aquí la vida, pues el caso a que somos venidos a esta soledad no pide menos. Yo me conformo con vuestro parecer, dijo el otro, y sin hablarse más palabras, atando con las riendas a sus rocines a un árbol, sacaron las espadas animosamente y comenzaron a acuchillarse con gentil aliento. Yo que vi esto, pareciéndome que era lástima que muriesen dos personas de tan gallarda disposición, vine a este sitio donde nunca faltan pastores destos contornos apacentando en él sus ganados, para que me ayudasen a ponerlos en paz; pero ya que no los he hallado aquí, tengo por más feliz suerte que vosotros seáis quien evite este daño.

Ofreciéronse los dos amigos a ir con él, y subiendo en sus cuartagos a galope tirado, siguieron al que les dio el aviso. En breve tiempo llegaron al puesto donde era el duelo de los dos; pero, con toda la diligencia que pusieron, fue tarde su llegada porque ya uno dellos, habiendo tropezado en un hoyo, dio consigo en tierra, a tiempo que su contrario le entró con una punta por un lado, que le pasó a la espalda con que le dejó atravesado, pidiéndole encarecidamente que no le acabase sin confesarse. Dejóle con esto su contrario y, oyendo a este tiempo rumor de los que venían en su socorro, se fue de aquel lugar a todo correr de su cuartago. Esto pudieron ver Lisardo y don Félix, por ser los primeros que llegaron, presumiendo luego lo que presto vieron, porque a dos pasos dieron con el herido. Apeáronse y llegaron a donde estaba, al cual hallaron revolcándose en su sangre haciendo actos de contrición. Era un joven de edad de veinte y cuatro años, de gentil disposición y buen rostro, con que les movió a mayor piedad. Llegóse Lisardo a él, y tomándole una mano le dijo:

—¿Qué es esto, animoso caballero? Esforzaos para que seáis llevado donde os curen, que a eso somos venidos, ya que nuestra suerte no fue tan buena que os pudiésaemos servir en no dejar pasar vuestra pendencia adelante.

Abrió los ojos el herido joven y respondióle:

—Mucho quisiera, piadoso señor, que vuestro socorro fuera el que ha menester en este trance mi alma, que asistirá poco en la cárcel deste miserable cuerpo, que de la vida hago poco caso, pues, en mi poco esfuerzo, siento que por instantes se me acaba.

—Yo espero en Dios —dijo don Félix—, que nos ha de favorecer, en que no sean peligrosas vuestras heridas, para que podáis ser curado del alma y del cuerpo.

—Las del alma necesitan por ahora más cura que las del cuerpo —dijo el herido—. Y para su remedio me alentaré todo cuanto pudiere.

Ya Negrete, el pastor y los criados de don Félix habían cortado de un árbol unos palos largos con los cuales, atados unos con otros, se formó un féretro que, cubierto de ramos y después de sus capas, pudieron en él tender al herido, y así le llevaron al más cercano lugar que era el de donde había salido con su contrario. Todo el tiempo que duró el caminar con él nunca cesó con grandes veras de encomendarse a Dios. Llegaron al lugar habiéndose desangrado mucho y, por su orden, guiaron a una posada que dijo estar en la plaza del pueblo donde se habían apeado a prima noche, mas, cuando llegaron a ella, hallaron ocupada por mucha gente que acompañaba a la justicia de aquel lugar y había gran rumor de voces. Renovóse con ver entrar al herido al cual llevaron a un aposento donde le desnudaron y acomodaron en una cama, trayéndole luego un confesor y, después de haberle confesado, un cirujano que le vio las heridas, las cuales eran muy peligrosas, dejándole muy dudoso de su vida. Acabándole de hacer la primera cura, entró la justicia a tomar al herido su confesión.

En tanto pudieron los dos amigos informarle de la causa de haber hallado a la justicia en aquella posada. El mesonero les dijo:

—Lo que puedo deciros es que, a prima noche, llegó a esta casa un caballero acompañando a una dama con un criado de a pie, a quien aposenté en una sala baja que está cerca deste portal. La dama, a lo que me pareció en su semblante, venía descontenta y, queriendo curiosamente saberlo de raíz, después que se encerraron en su aposento a la hora de cenar, no fue posible acabar con ella el caballero con afectuosos ruegos que cenase con él; antes bañada en lágrimas le pedía con grandes encarecimientos que la dejase y que él cenase solo, que no venía con gusto de obedecerle, antes lo que más deseara, fuera ver pronto el fin de su vida. Echóse con esto en una cama donde sentí que no cesaba de llorar, dando de cuando en cuando penosos suspiros en todo el tiempo que duró la cena, cosa que me dio notable lástima y puso grande deseo de saber la causa de su pena. Una hora después que había cenado el caballero, llegó a esta mi posada un mancebo que es el que habéis traído herido y, preguntando, por las señas que traía, por los dos le dije que posaban aquí. Rogóme mucho que de su parte dijese al que venía con la dama, que allí le quería hablar una palabra; fui con el recado y, aunque se alborotó, oyéndolo, bajó a verse con el recién venido al portal. Lo que los dos hablaron en secreto, no lo pude entender; solo sé deciros que, lo de la plática resultó, fue pedir su rocín el que antes había llegado y, así el uno como el otro, se pusieron a caballo dejando, el que acompañaba a la dama, cerrado el aposento en que estaba y a ella con notable sobresalto de no saber donde partía. Dentro de dos horas que esto sucedió, vi volver al acompañante de la dama y, apeándose de su cuartago, subió donde estaba, cerrando tras de sí la puerta del aposento. Yo, deseando acabar de saber estas cosas, me llegué a escuchar lo que hablaban segunda vez y púdele oír estas razones algo turbado: Señora doña Andrea, no quiera Dios que yo os oculte nada de lo que ha pasado, aunque en ello aventuré mi gusto, pues no viéndoos a vos con él para favorecerme, es cierto que no lo puedo tener en cuanto la vida me durare. Don Gutierre, mi competidor y vuestro favorecido galán, llegó a este lugar siguiéndome hasta aquí; pero, si fue dichoso en haber encontrado conmigo a pesar de mi cuidado, aunque le hemos desmentido el camino, fue infeliz en sacarme al campo, ofendido de que os trajese en mi compañía donde le dejo muerto media legua de aquí. Dura cosa se os hará de creer que esto sea verdad; yo os lo aseguro por cuanto puedo juraros y dígalo mejor su sangre en esta espada. Ya es hecho; bien sabéis cuánto os he querido y qué fuerza de amor me obligó a la violencia de traeros de vuestra patria: pues sabéis mi calidad y hacienda no permitáis que a lo hecho se acreciente el perderme, suplícoos que salgamos luego deste lugar, si sois servida, porque de su asistencia en él pueden peligrar mi persona y la vuestra.

Apenas oyó la dama lo que le dijo el Caballero, cuando cayó en el suelo desmayada, abrazóse con ella y echándola en la cama la arrojó agua en el rostro, con que volvió en su acuerdo dando mil penosos suspiros, y después que hubo desahogado algo su pecho de la pena, bañada en copiosas lágrimas, le dijo:

—¿Es posible, enemigo don Carlos, que sea tu crueldad tanta que no te hayas satisfecho con haberme traído violentamente de la casa de mis padres, hurtando la ocasión a tu competidor y el estar desengañado del poco fruto que han hecho tus persuasiones y afectuosos ruegos para que yo te admita en mi gracia, sino que hayas quitado la vida a quien era la esperanza de la mía? ¡Oh infeliz don Gutierre; poca dicha te concedió tu fortuna, pues ya que pusisteis tu afición en quien, aunque vagara por remotos climas y procelosos mares jamás te perdiera de su memoria, a pesar de cuantas violencias se me opusieran en medio de la seguridad que podías tener en mí, me pierdes con tu muerte. Bien puedes, riguroso homicida, mezclar la noble sangre, que dejó el que había elegido por esposo, en esa espada con la de esta desdichada mujer: aquí está mi pecho que antes consentirá mil muertes que dar un paso más en tu compañía, que si había pasado por la fuerza de traerme contigo a mi pesar, era para guardar ocasión en que darte la muerte y vengarme; pero, porque, no hallare mejor ocasión que ésta para que pagues el homicidio que has cometido, sepan todos que ha muerto don Carlos a mi esposo.

Acudió don Carlos a taparle la boca y, con la pena y congoja que tenía, perdió el sentido otra vez. Acudí a solicitar abrir la puerta del aposento y dando golpes en ella para que me abriesen, fue al tiempo que la dama volvía en sí, pidiendo a voces favor. Aquí se apoderó la cólera del pecho de don Carlos en tanto grado que, sin mirar a quién era y al flaco ser de la dama, sacando la daga, la dio no sé cuantas puñaladas porque le dejase. Y con esto, viéndose libre de sus brazos, salió del aposento. Yo, que lo había visto todo por una rendija de la puerta, salí a la calle llamando gente y a la justicia, mas, por presto que llegaron, ya se había puesto a caballo y su criado a las ancas, y así partió a todo correr del lugar. La dama está muy mal herida y no menos peligrosa que el caballero que habéis traído. Esto es lo que os puedo decir acerca de lo que me habéis preguntado.

Admirado dejó a Lisardo y a don Félix la relación del mesonero, y pareciéndoles que el herido, desembarazado de la justicia, reposaba, acudieron a saber en qué estado estaba la dama a quien acompañaba la huéspeda, no la dejaba el dolor de las heridas sosegar. Parecióle a Lisardo que sería de gran alivio saber que su amante, a quien juzgaba por muerto, estaba vivo y así entró en el aposento a darle esta alegre noticia, con color de saber cómo se hallaba. Preguntóselo y habiéndole respondido que muy desfallecida de la sangre que había perdido, le dijo Lisardo:

—Yo confío, señora mía, que el cielo ha de permitir daros entera salud, para que la gocéis libre ya de temores, con quien deseáis y os merece el amor que le tenéis, y, para que os animéis a cobrar algún aliento, sabed que don Gutierre, vuestro esposo, no es muerto, si bien está mal herido en esta posada.

En extremo se alegró la hermosa dama, diciendo:

—El cielo, señor caballero, os dé felicidad en vuestras cosas que tan buenas nuevas me habéis dado, aseguradme si lo que me decís es solo por consolarme o porque pasa así.

—La verdad es ésta que me oís —dijo Lisardo—, conviene que por ahora reposéis, que eso hace don Gutierre, que yo fui quien lo trajo del lugar del desafío hasta aquí. A él no le hemos dicho vuestra desgracia porque, aunque está algo desacordado, le dará pena.

Y por no dar lugar a que, hablando más doña Andrea, le hiciese daño a la cabeza, la dejaron y se fueron a reposar a donde estaba don Félix, mandando a su criado Negrete que él y uno de don Félix asistiesen a ver lo que había menester el herido, velándole lo que restaba de la noche.

Con el peligro que vieron a don Gutierre y a doña Andrea se determinaron don Félix y Lisardo a suspender su viaje hasta verles fuera de peligro asistiendo en su compañía aquel corto lugar. Ya iban las heridas de don Gutierre mejorando y le habían dado cuenta de lo que por su dama había pasado, cosa que sintió en extremo y deseara hallarse con salud y buscar a don Carlos por todo el mundo para castigar su alevosía. Encarecidamente pidió al cirujano, si era posible, le mudasen la cama cerca del aposento de su esposa, mas esto no se pudo acabar con él por no estar aún fuera de peligro y ver el que doña Andrea tenía que, como de más débil natural, estaba muchas veces fuera de su acuerdo con la flaqueza de la sangre que había perdido.

Un día que los dos amigos estaban con don Gutierre y le vieron más alentado, le pidieron encarecidamente les hiciese relación desde el principio de sus amores hasta entonces si gustaba. Quiso don Gutierre obedecerles y así, prestándole silencio, comenzó su discurso de esta forma:

La ciudad de Jaén, una de las principales de Andalucía, es mi antigua patria, donde estaba la casa de mis padres, de quien yo soy inmediato sucesor de un razonable mayorazgo que ya poseo. Hay en esta, ciudad muchos caballeros así nobles como ricos, y con la comodidad de ser vecinos de la antigua Córdoba, ciudad en quien con tanto cuidado se crían los hijos del Céfiro, que así llaman a sus velocísimos caballos. Todo nuestro ejercicio es criar sus potros y tener diestros picadores que les ajusten, preciándose todos los caballeros de tener muy buenos caballos, con los cuales hacemos muy lucidas muestras en los regocijos que en el discurso del año se ofrecen. Para el día de San Juan, que es muy celebrada su fiesta en mi patria, se concertó un regocijo de toros y cañas de solos los caballeros de la ciudad, que en esta ocasión no quisimos que nos ayudasen de Úbeda y Baeza, como en otras lo hacían los caballeros de aquellas dos ciudades. Yo quise lucir en aquella fiesta, y así me determiné a ir a Córdoba a comprar cuatro caballos hechos, de los mejores que allí hallase: para esto había avisado a un picador conocido mío que me los tuviese prevenidos, el cual lo hizo y me avisó que los sacaría a un cortijo media legua de la ciudad. Acudí a él en compañía de un hermano segundo mío y hallamos allí al picador con los caballos. Por aquel día no quise ponerme en ellos para probar lo que eran, hasta la mañana siguiente por ser hora más a propósito. Llegada que fue me sacaron cuatro caballos a que los viese y entre ellos escogiese en el que quería ponerme primero. Pareciéndome todos muy bien y eligiendo para la primera prueba un alazán tostado, que prometía en su talle tener muy buenas obras, subí en él y manejéle por el campo un rato, hallándole muy ajustado a la obediencia del freno con lo cual le pasé la carrera dos veces, cumpliendo con sus obras lo que me prometí del talle con que me resolví a no quedar sin él. Lo mismo me sucedió con el segundo que era un rucio rodado; mas poniéndome en el tercero, cuyo pellejo era morcillo, quísele primero pasar la carrera y, partiendo, llegó las dos tercios de ella bonísimamente, mas excediendo del último quise parar y halléle tan duro de boca, o por lo mal enfrenado o por resabio suyo, que sin hacer caso del bocado proseguía en su ligero y atropellado curso. Valíme del común remedio, que era pararle con una rienda, mas dando a este tiempo una fuerte cabezada, rompió los alacranes del freno dejándome con las dos riendas en la mano con que fue fuerza tenerme a las crines, sin cesar en todo esto de correr a toda furia. Yo me había puesto a caballo en cuerpo y así, no teniendo capa que arrojarle delante de los ojos, aguardaba ocasión de que pasase por parte segura para arrojarme del indomable bruto; pero antes de esto, deslumbrado, quiso saltar un barranco que había hecho un arroyo, y tropezando en él, cayó, arrojándome de sí con grande violencia, de suerte que, del golpe, quedé sin sentido. Sucedióme esta desgracia cerca de una quinta a quien muraba el claro arroyo con su cristalina corriente, de la cual salió gente y, tomándome en brazos, como estaba, me entraron dentro, compadeciéndose de mí de modo que, cuando pude volver en mi acuerdo, me hallé desnudo en una cama de damasco azul con muchos alamares de oro, que estaba en un aposento muy bien colgado, y cercado de gente, entre la cual estaba un anciano caballero que era señor de la quinta y dos hijas suyas de incomparable hermosura. El caballero, como me vio restituido a mi primero ser, me dijo:

¿Qué es esto, señor; ese es el ánimo que nos promete vuestra bizarra presencia? Mirad que nos cuesta caro vuestro desacuerdo por la pena con que nos tenéis a todos los desta casa.

Yo, incorporándome entonces en la cama, le dije:

—No sé, noble señor, en qué pueda servir esta merced que en vuestra casa recibo en fracaso tan impensado y término tan peligroso como el que por mí ha sucedido, sino con estar perpetuamente agradecido y obligado al piadoso agasajo que me hacéis. Déme Dios vida para que, lo que me durare, pueda serviros.

—Sucesos son estos —dijo el anciano—, que cada día los experimentamos los caballeros de esta Ciudad que, aunque la fama de sus caballos corre por todo el mundo, en las ventas que dellos se hacen, con cuatro buenos quieren acomodar uno que no sea tal, que suele tener condición como éste en que os ha sucedido esta desgracia, y yo tengo tanta experiencia con el conocimiento de ellos que solo en velle si me hallara presente antes que os pusiérades en él os suplicara no lo hiciérades. Ya sucedió y Dios ha sido servido que el daño no llegue a rompimiento de alguna pierna o brazo, según veo, pero con todo os han ido a llamar quien os sangre, que tenéis necesidad de ello, y así mismo de tomar una bebida.

—No creo que es necesario —dije yo—, porque me siento bueno aunque algo doloroso del cuerpo.

—Pues por eso —dijo el anciano—, os será de provecho la sangría.

En esta razón entraron mi hermano y el picador, diciéndole yo al caballero quién era, habló con mucha cortesía, y él, por su parte, le dio las gracias de la merced que me había hecho. Vino el cirujano y, en tanto que prevenía el recaudo para sangrarme, yo hablé a aquellas dos damas ofreciéndome a su servicio, y lo mismo hizo mi hermano. Pareciéronme muy hermosas particularmente la mayor, que es mi señora doña Andrea, a quien habéis visto, que aun con estar como me significáis, sé que no juzgaréis a pasión de amor lo que os encarezco. Hízoseme la sangría y, dándome tras ella la bebida, me encargó que sosegase con ella y, si me sobreviniese algún sudor lo guardase, con que me dejaron solo. En tanto se informó don Claudio, mi hermano, que el señor la Quinta se llamaba don Enrique de Valenzuela, y era un caballero muy principal de Córdoba, cuyo mayorazgo heredaba doña Andrea, su hija mayor, y la segunda muchos bienes libres de su madre, a quien se aficionó mucho mi hermano.

Bien se pasarían dos horas que yo reposé con la bebida, después de las cuales entró un médico a verme y, tomándome el pulso, me halló con calentura y así hizo que se dilatase la comida por dos horas, entreteniéndome todo este tiempo mi hermano, don Enrique y sus hijas. Entró la comida y, por gusto de don Enrique, me la partió la hermosa doña Andrea con mucha gracia, la cual introdujo tal amor en mí que, desde entonces la hice dueño de mi alma.

Acabada la comida, volviéronme a dejar solo para que reposase, que así lo ordenó el médico. Don Enrique, ya estaba bien informado de quien éramos, y llevó consigo a don Claudio a otro cuarto donde comió con él y sus hijas, siendo para mi hermano no pequeño favor porque, como digo, se había inclinado a doña Estefanía, la segunda hermana.

Al fin, señores, por no cansaros, mi calentura correspondió a terciana, con que fue necesario asistir el médico a mi cura y darme cuidado, por el que vi que ponían mi salud, don Enrique con el mismo amor que si yo fuera su hijo. Deseaba yo mucho que un día se ofreciera ocasión para hablar con la hermosa doña Andrea, y mi buena suerte quiso que, una tarde, por tener don Enrique una visita de unos caballeros, amigos suyos que le habían venido a ver de la ciudad, me dejó en compañía de sus hijas y de mi hermano. Viendo yo la ocasión a medida de mi deseo, estando doña Andrea sentada a la cabecera de mi cama en una silla la dije estas razones:

—Por desagradecido me tuviera, hermosa señora, si la merced que he recibido y recibo en vuestra casa, la pagara con solo deseos de serviros, que era pequeña paga a tanta deuda y así, por hacerla equivalente, dejo mi alma en prendas de tantas obligaciones, muy gustoso de que se enajene de mí por que os sirva a vos de quien ya podéis llamaros dueño absoluto si ella merece esta dicha.

Los colores del hermoso rostro de doña Andrea se aumentaron con esto que me oyó que, aunque por las acciones exteriores había conocido afición. En mí por lo que después supe, no estaba muy cierta della. Al fin me respondió así.

—Muy poco se os ha servido en esta casa, señor don Gutierre, respecto de vuestros méritos y la voluntad de mi padre, que ella sola podrá suplir las faltas que en ella viéredes y esto mismo digo de parte de mi hermana y mía que, cuando al ser quien sois no se debiera la caridad, aun en el de menos méritos se ha de ejercer, y con este presupuesto podíades recibir, este pequeño servicio sin el cuidado de la paga, aun en el reconocimiento de la deuda, pues no hay de que le tengáis, cuanto más de hacerla con cosa de tanta estima como vuestra alma. Por muy dichosa me tuviera a ser singular en recibir tal prenda, pero vuestra edad, gentileza y gala me asegura que estará ya hecho este ofrecimiento con quien os lo haya merecido, cierta de vuestra voluntad como yo lo quedo con la cortesía con que me lo habéis hecho.

—Ninguna —repliqué yo—, admite ofrecimiento de tal prenda sin pronta voluntad de su dueño, y si otros usan de tales términos para llegar lisonjeando, pareciéndoles que han de ser creídos, yo soy muy diferente de todos. El primero dueño que conoce mi alma sois vos y por quien me tengo por dichoso en ser por tal causa trofeo del niño Amor y así el mayor mal que padeceré en esta cama, será la pena de que no me creáis estas verdades que me dicta el alma que os diga.

—Fácil fuera en la credulidad —dijo ella—, si tan pronto la hallárades en mi a ser desta ciudad, donde presto os averiguara la vida, pudiera ser más cortés en creeros, sabiendo no tener cosa que la contradijera; pero siendo forastero habéisme de perdonar que no tengo por tan feas a las damas de Jaén y a vos tan olvidado de ser galán que me persuada que ellas nos hayan hecho de vos lo que me negáis y que vos no hayáis así mismo correspondido a sus favores.

—Los vuestros me falten, que será para mí la mayor desgracia —dije yo— si hasta hoy he tenido cosa que me dé cuidado, no porque falten en mi patria muchos sujetos que me le pudieran dar, sino porque hasta ahora he gustado de vivir libre, ocupándome más en el ejercicio de la caza y en hacer caballos, que en el de ser tributario de amor.

—Muy bien lo decís —dijo doña Andrea—, así lo quiero yo creer porque no os quejéis de mí y no desestimo la merced que me hacéis; pero para conocer que es verdadera, fío del tiempo que me asegure mejor.

—El saldrá por fiador mío —dije yo—, como me deis esperanzas de que, conocida mi verdad, seré favorecido de vos.

—No las ofrezco —dijo ella— por la duda con que estoy, que a estar sin ella, no quedáredes con queja, ni yo con vos en opinión de desagradecida que no debo tenerla sino de dudosa.

—Dándome el cielo salud —repliqué yo— me ofrezco a haceros cierta de mi verdad, como a reconocido por vuestro esclavo siempre.

—Esta humildad os acreditará para conmigo, porque me agradan siempre los hombres desconfiados que es la basa en que estriba la discreción.

Pasáramos adelante con nuestra plática si don Enrique no la estorbara con volver de su visita acompañado de los caballeros con quien había estado que, contándoles mi suceso, quisieron verme, en particular uno de ellos, que era este mi enemigo don Carlos, el cual estaba aficionado de doña Andrea y, pareciéndole que ella estaría conmigo, tuvo más deseo de que me hiciesen la visita. Entraron, pues, y con grande cortesía se me ofrecieron significándome haberles pesado de mi desgracia ofreciéndome de camino todos sus caballos para el futuro regocijo, a que yo correspondí con toda la cortesía que pedía su ofrecimiento. En el semblante que don Carlos mostró viendo tan cerca de mí a doña Andrea, que fue no muy agradable, conocí que era yo la causa y que debía de tener a la dama alguna afición, pero presto salí de la duda como veréis.

Dentro de doce días estuve para levantarme, en el cual tiempo siempre me asistió la hermosa doña Andrea con mucho gusto y con quien le tuve muchos ratos a solas, haciéndome algunos favores honestos con muestras de voluntad. Viendo, pues, que era forzoso el volver a Jaén pues estaba ya en disposición para ello di cuenta a mi dama de mi partida, hallando en ella muestras de sentimiento de que la hiciese. Olvidábaseme de deciros como mi madre había enviadome a visitar y, en agradecimiento del buen hospedaje que de don Enrique y sus hijas recibí, les envió un gran presente que estimaron en mucho. Con esto me dio motivo para decir a mi dama, si, de parte de mi madre, sería bien que les enviase a convidar para la fiesta que se esperaba y díjome que lo estimaría su padre mucho. Llegó, pues, el día de nuestra partida y no tuvo menos sentimiento mi hermano que yo, porque estaba muy enamorado de doña Estefanía. Contaros los extremos de pena que vi en mi doña Andrea al partirme, fuera cansaros; solo diré que me volvió a acordar lo del convite, aunque no había para qué, pues tan a mi cargo iba como quien tanto le importaba. Efectué la compra de los cuatro caballos y con otros dos que me dio don Enrique de su caballeriza, me partí a Jaén donde fui recibido de mi madre y amigos con mucho gusto. Y dando a mi madre cuenta más por menudo del agasajo y favores que don Enrique y sus hijas me habían hecho la persuadí a que enviase a convidarles a las fiestas. Hízolo así con un anciano escudero de su casa y admitió el ofrecimiento don Enrique, poniéndose en camino con sus hijas. Media jornada antes de llegar a Jaén, les salimos a recibir don Claudio y yo con otros caballeros parientes nuestros, siendo grande el contento que con nosotros recibió el buen caballero, pero más en particular sus hijas con mi hermano y conmigo. Las fiestas se hicieron, a las cuales vino mi competidor don Carlos, no poco celoso de que posase doña Andrea en mi casa, temiéndose de que me favorecía. Ocho días después del regocijo estuvo don Enrique en Jaén donde le regalé cuanto pude, deuda bien debida al buen hospedaje que en su casa había recibido, en el cual tiempo se asentó más nuestro amor entre los cuatro hermanos. Volviéronse a Córdoba, prometiendo yo a don Enrique ir a verle presto. El me dijo, que en ninguna ocasión lo podía hacer mejor que en la de otras fiestas que se hacían para el día del glorioso Patrón de las Españas, que era de allí a un mes; yo acepté el ofrecimiento como quien tan interesado era en verme con mi dama.

En este dichoso estado estaban mis cosas cuando quiso la fortuna, que nunca permanece en un ser, darme un penoso susto con lo que ahora oiréis. Tenía don Enrique un derecho a un mayorazgo de un caballero de Córdoba su pariente, el cual, si bien estaba en posesión, tenía alguna duda su justicia, y temiendo sentencia en contra, que era la última en la Chancillería de Granada, quiso concertarse con don Enrique la parte contraria, y el concierto fue que se casase con doña Andrea. Hiciéronse con esto las capitulaciones con que se despachó por dispensación a Roma para casarse. Yo fui avisado desto, y fijé tanta la pena que recibí, que estuve en poco de perder el juicio. Consolóme mi dama, asegurándome que nadie sería su esposo sino yo, que la dispensación no vendría en aquellos dos meses y que antes daría orden como se estorbasen los designios de su padre, casándonos los dos. Alentéme con esta promesa y llegado el tiempo de las fiestas fui a Córdoba sin la compañía de mi hermano, por estar con una fiebre maliciosa en la cama, bien penado por no poder ir a verse con su doña Estefanía; pero fui acompañado de dos primos míos, por cuya causa no fui a posar en casa de don Enrique, cosa que él sintió mucho y aun porfió en que todos habíamos de ser sus huéspedes, pero no lo pudo acabar conmigo. Veíame muy a menudo con mi dama, y con ella comunicaba el modo que tendría para hacer nuestro casamiento, que, sin la voluntad de su padre, lo tenía por dudoso, pues era cierto, que, por la codicia de no perder el mayorazgo, aunque me mostraba voluntad, la tendría mayor al sobrino que era rico. Y después de muchas trazas que dimos, la última fue que yo la sacase de casa de su padre dejándole un papel escrito de como salía con su esposo, habiéndonos dado las manos antes, para que lo tuviese don Enrique a bien, que de casarse con su primo tenía notable pena; con esto me dijo que me avisaría la noche que había de ser. Yo avisé a mis dos deudos del caso, y ellos se ofrecieron de ayudarme en todo con mucho gusto teniéndole de mi buen empleo, con lo cual aguardaba la resolución de mi dama.

Hizo una noche don Enrique un banquete en el cual nos hallamos muchos caballeros y entre ellos don Carlos, el aficionado de mi dama. Después del banquete hubo una comedia, con que hubimos de salir algo tarde. Al despedirnos todos, doña Andrea mandó a una criada suya de quien se fiaba, que saliese a un cancel de la puerta de la sala, y que me diese un papel en que me avisaba que, aquella noche, era a propósito para el caso que teníamos concertado, que estaría prevenida. Pero mi corta suerte fue tal que, por la oscuridad del sitio donde se puso, por darme el papel a mí, se engañó y se lo dio a mi competidor, el cual, con el aviso, no obstante que se imaginó para quien se daba, se determinó a ser el tirano de mi gusto, y así, previniendo dos caballos, fue a la puerta del jardín donde a la media noche, halló a doña Andrea que le aguardaba en aquel sitio. Ella, con el deseo de verse conmigo, sin desconocerle en la voz que así se deja entender, se dejó poner a caballo y ser llevada de don Carlos.

Venido el día, siendo echada de menos doña Andrea de sus criadas, se lo fueron a decir a su anciano padre, el cual se levantó y acudió a su aposento; no la halló en él ni en el de su hermana, que eran otras dos piezas más adentro. Preguntóla por ella, y doña Estefanía no le supo dar más razón de que, desde que se había ido a acostar no la había visto más. Volvió don Enrique a su aposento y sobre un bufete halló un papel cerrado, el cual, abierto, contenía estas razones:

Temiendo a tu rigor, no obedeciéndote en el casamiento capitulado con mi primo que no era

con mi gusto, he dado la mano de esposa a don Gutierre, persona de las calidades que sabes, pues le conoces; con él me voy a Jaén: suplícote consideres que, el empleo que sin gusto ha de durar toda la vida, es una muerte civil, y vale más vivir sin hacienda que sin contento. El cielo te me guarde más que a mí.

No podré encareceros cuánto me significaron que había sentido don Enrique, que pecaba un poco en codicioso, la resuelta voluntad de su hija en casarse conmigo, que, si bien era muy aficionado mío, la cantidad del mayorazgo que perdía por no casarse doña Andrea con su sobrino, le hizo el perder yo su gracia. ¡Oh, fuerza del vil interés; qué de noblezas destruyes, y qué de sangres limpias adulteras! Fuéronle luego a decir a don Enrique que yo estaba en la plaza haciendo mal a un caballo y él, indignado con la nueva, pareciéndole que el desacato mío en estarme en Córdoba con lo que había hecho era hacer menosprecio dél, fue a dar cuenta a la justicia del caso, pidiendo la fuerza de su casa. Dióle pena el verle al Corregidor; pero lo que le consoló era el parecerle que, casándose doña Andrea conmigo, estaba todo acabado. Salió de casa, y hallándome en la plaza, me prendió sin decirme la causa porque me prendía, llevándome sus ministros a la casa del Cabildo donde me dejó con cuatro guardas. Yo estaba ignorante de lo que pasaba, hasta que amigos míos me dieron razón de todo, con que me hallaba el hombre más confuso del. mundo. Tomáronme luego la confesión, preguntándome dónde estaba doña Andrea por mi orden, a lo cual dije, no saber de ella ni haberla visto desde la noche antes en la fiesta de su casa; pero el escribano, que era conocido mío, me dijo:

Señor don Gutierre; esto ha de parar todo en bien: pues las calidades son iguales, lo mejor es confesar la verdad, que, de lo contrario, puede ofenderse don Enrique y, aunque está colérico, todo ha de aplacarse. Una criada de mi señora doña Andrea os condena diciendo que anoche os dio un papel al salir de la fiesta de su casa, en que presume iba el aviso.

Aquí fue donde yo perdí del todo la paciencia, jurando con mil juramentos estaba inocente de lo que me imputaban. Mandáronme llevar a una torre donde me pusieron prisiones y dobladas guardas. Considerad cuál podía yo estar con lo que había sucedido. No sé cómo no me di la muerte yo mismo: ¡tanto me apuró la pena! Quiso el cielo que, echando menos a don Carlos en la ciudad, dieron luego en que él había sido quien había llevádose a doña Andrea, y esto se verificó por un mozo de caballos suyo, que dijo haber aderezado dos a media noche y que, llevándolos un lacayo entrambos, le fue siguiendo por curiosidad hasta el jardín de don Enrique, el cual estaba abierto aquella hora y que por la puerta había visto salir a una persona que no distinguió si era hombre o mujer, mas de que se pusieron a caballo y partieron de allí a toda prisa. Con esto se le hizo otra pregunta a la criada de doña Andrea, si sabía con certeza a quien había dado el papel, y con lo que había oído no supo decir más hallándose confusa de que, le había dado en parte tan oscura que, no se afirmaba de cierto si era yo o otro a quien se le dio. Con esto despacharon alguaciles con requisitorias en busca de don Carlos, estando el negocio de peor condición para don Enrique, porque aborrecía sumamente a don Carlos y sentía que su hija se hubiese empleado en él; pero el papel que le dejó escrito le ponía en confusión como en él le daba cuenta de que era yo con quien iba desposada, y así se halló perplejo en este caso sin saber que hacerse. Al fin, le persuadieron todos en que don Carlos era quien me había hurtado la bendición, y gozado de la ocasión, por el yerro del aviso, con lo cual consintió que me soltasen de la prisión. A penas tuve libertad, cuando, sin aguardar compañía, me puse en camino con el dinero que pude juntar y de mis amigos, siguiendo el que iba a Madrid por donde me pareció que debían de ir los dos, y cuatro jornadas de aquí tuve nuevas de que había posado en la misma posada que yo posé, y así mismo del disgusto con que doña Andrea caminaba. Y después, en todas las partes donde había estado, me iba informando, hasta que llegando anoche a este lugar, me vine a posar a donde don Carlos estaba, que era en esta posada, y aquí hago paréntesis en que sepáis que, por no ser seguidos, ordenó don Carlos el dejar el camino ordinario de Sevilla y venir por otro hasta dar en este que va a Valencia. Persuadí al huésped que me llamase a don Carlos, hízolo y sucedió, por mi desgracia, lo que visto habéis, mas querrá el cielo que yo le halle y me pague la crueldad que usó con mi dama. Esto es, caballeros, lo que ha paseado por mí hasta ahora.

Mucho se holgaron los dos amigos de haber sabido el origen de los amores de don Gutierre, al cual animaron diciéndole que esperaban en el cielo daría presto salud a su dama. Con esto volvieron a verla, y, dándole nuevas de la mucha mejoría con que estaba, le alentaron a don Gutierre mucho, dándole las gracias de su asistencia allí. Doce días pasaron después que don Gutierre se comenzaba a levantar y contaros lo que con su dama pasó sería prolijo en mi relación. Siempre asistía a su cabecera, con cuya vista, la hermosa Andrea iba convaleciendo. Una noche que don Gutierre se había acostado algo temprano por no haberse sentido bueno, los dos amigos estaban con su dama entreteniéndola y, a cosa de las diez horas, llegó a la posada un caballero acompañado de dos criados y dijo venir de Córdoba. Quiso Lisardo informarle de lo que pasaba en aquella ciudad y preguntóle por las cosas de don Enrique. El respondió que, con la pérdida de su hija, que le había llevado don Carlos, estaba enfermo en una cama y, tan agravado de una prolija enfermedad, que no se levantaría de allí con vida. Preguntáronle si se sabía alguna nueva de don Carlos a que dijo haberle encontrado dos jornadas de allí un día al amanecer muy cargado de pistolas, y que, preguntándole qué se había hecho de doña Andrea, le había dicho que la dejaba en un monasterio donde había gustado de ser monja y que, diciéndole que por qué había consentido aquello sacándola de casa de su padre, pues le estaba muy bien que fuera su esposa para heredar con ella un rico mayorazgo, le dijo que ella no había salido de su casa con pretexto de irse con él, sino con un don Gutierre, natural de Jaén, pero que él, queriéndola bien, gozó de la ocasión para gozar della, como lo había hecho; después de lo cual, no siendo a propósito el casarse con ella, la había forzado a tomar el hábito en aquel monasterio. Notable admiración causó a los dos la nueva del forastero, viendo cuán falsamente don Carlos había levantado aquel testimonio a la pobre señora, y así le dieron cuenta de lo que pasaba, con que le dejaron admirado. No estaba tan lejos la parte donde esto se hablaba del aposento de doña Andrea, que no lo oyese todo, con lo cual, causándole tierno sentimiento, dando un grande suspiro, se quedó desmayada: oyéronla los dos amigos y con el forastero entraron allá, hallándola sin sentido alguno. Hicieron todas las diligencias posibles para que volviese y al fin volvió, pidiéndoles con grande encarecimiento que le trajesen luego un confesor y le llamasen a su don Gutierre. Hízose todo con brevedad; confesóse y diéronle luego el Viático por orden de un médico que la vio, descontento de su indisposición y repentino accidente. Y después de haberle recibido con mucha devoción y lágrimas dijo, vuelta a don Gutierre:

—Amado señor mío, yo conozco en mi indisposición, cuán pocas horas tengo de vida; este accidente ha causado el sentimiento de haber sabido lo que el cruel don Carlos ha publicado de mí, y fuera una necia y sin entendimiento, si no cumpliera con la pena que tengo tocándome tanto en la honra, sino diera fin a mi vida. Para que yo tenga buena muerte, os suplico que, delante de todos estos señores, me deis la mano de esposo, llamando al Párroco para que sea más firme nuestro matrimonio, que, con esto, moriré consolada y honrada a pesar de quien procura mi infamia. Esto decía vertiendo copiosas lágrimas de sus hermosos ojos y perdiendo el sentido cada instante con uno y otro desmayo. Don Gutierre se arrodilló delante de la cama, y, tomándole sus manos, se las besaba muchas veces, diciéndola:

—A mí me está muy bien, dueño mío, la resolución vuestra; pero querría que os esforzásedes con menos pena a librar en mí el castigo que merece el aleve don Carlos. El cual os prometo que no se me escape sin recibirle de mi mano como merece.

—Antes os suplico, esposo mío —replicó ella—, que no uséis ese rigor con él, muera o viva; porque el cielo tiene el cuidado de su castigo, y en él confío que sabrá volver por mi inocencia y mi reputación sin riesgo vuestro.

Llegó el Párroco y, con los testigos presentes, desposó a los dos amantes alentándose la herida dama un poco con este gusto y haciendo que viniese un escribano ordenó su testamento, por si acaso su padre fuese muerto antes que le otorgase, para que fuese válido. En él dejó por heredero en todos los bienes libres a don Gutierre su esposo. Dejáronla reposar un rato, hasta que nuevo accidente la volvió a apretar de modo que, desconfiando todos de su vida, trataron buscar un Religioso que le ayudase a bien morir. La diligencia que en esto puso Lisardo se le lució, porque, aunque era más de la media noche, vino allí, y con santas y devotas razones la animó a pasar aquel tremendo tránsito. Y habiéndose despedido tiernamente de su esposo y de los demás amigos, les volvió de nuevo a acordar que persuadiesen a don Gutierre, dejase la venganza de don Carlos. Ellos se lo prometieron, con lo cual, haciendo actos de contrición, dio el alma a su Criador. Llególe la nueva a don Gutierre de su muerte, que estaba retirado en otro aposento, cuya pérdida solemnizaba con tierno llanto, valiéndose de la prudencia para no perder el juicio; tan grande era su sentimiento. Los dos amigos le consolaban dando en tanto lugar para que se aderezase el cuerpo para darle el último honor en el sepulcro, que se le dio el siguiente día en un Monasterio. Allí estuvieron los tres caballeros seis días después de la muerte de la hermosa doña Andrea, consolando a su triste esposo, don Félix y Lisardo, y habiendo determinado partirse de allí a dos días, antes deste término, una noche, en medio del quieto silencio de ella, se partió el desconsolado don Gutierre sin dar parte a sus amigos. Echáronle menos a la mañana, sintiendo el haber tomado esta resolución y, encima del bufete de su aposento, hallaron un papel, el cual contenía estas razones:

¿Quién duda, ¡oh carísimos amigos!, que conocidas en mí las obligaciones que os debo habréis juzgado por ingratitud mi secreta partida sin comunicárosla? Séame disculpa desta grosería el justísimo dolor de la temprana muerte de mi querida esposa, a cuya última disposición se ajustaron tanto las voluntades vuestras, que no consiguiera la ejecución de mi venganza en el aleve don Carlos, a quedarme en vuestra compañía. Esto me obliga a dejaros por ahora, pero no a ser desconocido de lo mucho que os debo, pues, si salgo con lo que voy a emprender, seré el que más presto os busque reconocido siempre de tantas deudas que pido al cielo me deje pagar y os guarde. Vuestro amigo don Gutierre.

Mucho sintieron don Félix y Lisardo la acelerada partida de don Gutierre, y, sin ver su papel, le disculparan, discurriendo en el justo sentimiento que debía de tener por la muerte de su malograda esposa, y el enojo contra don Carlos. Vista su determinación, fue la suya proseguir su camino aquella tarde, teniéndoles lastimados lo que habían visto en aquellos dos amantes, con que le sirvió de consuelo a don Félix, pues, por lo menos, tenía en mejor estado sus cosas, deseando llegar a verse con su retirada dama. Lisardo no podía apartar de sí la pena de verse despreciado de quien tan injustamente le olvidó. Con esto, pues, ordenaron su partida que, por hallarse cerca de la raya del Reino de Valencia, ya no era necesario caminar de noche.

Libro IV

Con menos fuerza hería el radiante Planeta apresurando su curso al Occidente, cuando los dos amigos, con sus criados, partieron de el lugar, teatro donde poco antes de su partir habían visto representar tantas tragedias, determinando dormir aquella noche en la venta de Pajazos cerca del río y que divide aquel áspero puerto. Iban pues don Félix y Lisardo tratando de la muerte de la malograda doña Andrea, que no la podían perder de sus memorias, y, juntamente del solícito cuidado con que andaría su esposo, vagando por varias partes para vengarse de don Carlos, y habiendo discurrido un rato sobre esto sin retirarse de que lo oyesen los criados, Negrete, cuyo pecho nunca agravió arpón del vendado Dios de Chipre, ni ofensa de todo el duelo del mundo, antes dado a la comodidad, todo su amor era pensar en no lo pasar mal en el camino, y todo su duelo, el rato que le quitaban del sueño, interrumpiendo la plática de los dos amigos les dijo:

—Cierto, señores, que os tengo grande lástima viendo que siempre vuestras pláticas son, o quejas del rapaz Cupido, o discurrir sobre desgracias procedidas de su inconstante deidad, cosa, más para afligir los corazones, que para alegrarlos. Dejad, dejad, digo, esas trágicas consideraciones para otro lugar que el del camino, y baste andar fuera de vuestras patrias, con causas tan forzosas, nacidas ya de la ingratitud y desprecio de pechos poco reconocidos de vuestras finezas, o ya de sucesos adversos, causados de la variedad de la inconstante Diosa, y templad el trabajo del viaje con algún divertimiento que, oprimido siempre el arco, suele romperse si no se le afloja tal vez la cuerda. No me hizo Dios tan manco de gusto que no sea un torrente de chistes y un diluvio de gracias. Y pues sabéis que en uno y en otro soy perenne, dadme licencia a que, interrumpiendo vuestra plática, yo la sazone con un romance que quiero cantaros, escrito a un discípulo de Galeno, tardo en ir a visitar a los enfermos, de quien cobraba a largo plazo los gajes y breve en sus visitas. Este, curando la casa de mi dueño en una peligrosa enfermedad que tuve, me dejó seis días sin verme y, cuando Dios y en hora buena se determinó a visitarme, fue tan aprisa, que no se le entendía lo que recetaba; no paraba un instante en la silla. A su viveza codicia y pequeñez de cuerpo, le hice estos versos que, si gustáredes de oírlos os los diré que, por lo menos, os servirán de divertiros de memorias que os pueden dar pena.

—No puedo negarte —dijo don Félix—, Negrete amigo, que te sobra la razón en cuanto dices, y así, con licencia de Lisardo, digo que gustaré mucho de oírte cantar esos versos que, si son de la data de los pasados, serán muy gustosos.

Viendo Lisardo el gusto que su amigo mostraba de oír a Negrete, le mandó que cantase el prometido Romance al asunto del médico a quien él conocía bien, y se había curado con él en algunas enfermedades. Obedeciendo, pues, Negrete, rompió el silencio así:

> Discípulo de Esculapio,
> practicante de Averrois
> que te llaman por lo agudo
> Arlequín de los doctores.
> Dime si te concebiste
> en las minas del azogue
> o si pensaba tu madre
> en ardillas o en hurones.
> Dícenme que allá en su vientre
> le diste un tropel de coces
> hasta que te arrojó al mundo
> a ser de Galeno gozque.
> Tus enfermos se me quejan
> que el pulso tomas al trote,
> ves la orina de carrera
> y recetas de galope.
> Si al pipiricojo escuchas
> sus enfermas relaciones,
> ¿cómo curarás sus males
> si con prisa se los oyes?
> Tú debes de desear
> al que debajo le coges,
> que a síncopes se te muera

o que a estornudos mejores.
Para más breve en visitas
serás dichoso, si escoges
una mula comadreja
que suba por los balcones,
donde sin dejar los fustes,
así al viejo como al joven,
tomes el pulso a caballo
porque de enfados ahorres.
Contra dudosos salarios
son tus priesas más veloces,
que a toda paga impalpable
casi invisible te opones,
que al señuelo de una coba
del Mexicano horizonte
te abates con tanta flema
que con la silla te coses.
Quien te aguarde sin moneda
que aclara la vista torpe,
será Hebreo en la esperanza
sin que en posesión te goce.
Y cuando acaso le veas
forzado de obligaciones,
por paga de malos días
dejárasle a buenas noches.
Conmigo, que tu presencia
aguardé casi seis soles,
fuiste pintura de amago
que nunca descarga el golpe.
Por lo cual escarmentado,
el mi Doctor, desde entonces
que Dios de mí te defienda
añado en mis oraciones.
Aun bien que nos tiene el cielo

en el Centro de la Corte
donde en cada esquina se hallan
quien las saludes taconen.
La falta de tu inquietud
yo dudo que se mejore,
si no te baña las sienes
el orinal de san Cosme.
Doctor démonos por buenos,
y como quejas se ahorren,
yo tu amigo seré sano
pero en enfermando, ¡oxte!

Todo lo que duró el jocoso romance que cantó Negrete, se le escucharon con mucho silencio, y después fueron grandes las alabanzas que le dieron, así de los buenos versos como del haberle cantado con mucha gracia. Llegaron con éste divertimiento y otros a la venta de Pajazos; en ella se apearon, trataron luego de que se les hiciese la cena, por recogerse luego para madrugar mucho esotro día. Hízose, pues, con diligencia, y habiendo cenado con gusto, les dieron a los dos amigos un buen aposento con dos camas, donde se fueron a reposar. Bien sería tres horas después de la media noche, cuando Lisardo, como más cercado de penas y cuidados, despertó y sintió que cerca de su alojamiento en otro vecino dél, que hablaban dos personas y, aunque era en baja voz, el delgado tabique que dividía los dos aposentos, daba permisión a oírseles las razones de su conversación. Quiso, pues, el desvelado caballero, puesto que no podía dormir, atender con despierto y curioso oído a lo que las dos personas hablaban, y pudo escuchar al uno que dijo:

—Bien se ha logrado vuestro intento, hermosa doña Mayor; solo resta, para no ser hallados, ver el modo con que nos hemos de encubrir, pues sabes cuánta indignación causará a los deudos de don Leandro, que no hay duda sino que luego han de imaginar ser yo el autor desta muerte, como enemigo tan declarado suyo y competidor en sus amores.

Aquí respondió la mujer a las razones del que la hablaba, diciéndole:

—De todo lo que me dices, don García, estoy advertida y con el cuidado que pide el peligro en que estamos, del cuál solo nos puede librar la confusión de la Corte. Lleguemos a ella, que allí se dispondrá todo como más nos conviniere; lo principal, que ha sido haberme vengado del falso don Leandro, ya está hecho, y así, después de su muerte, no temo cuanto me pueda venir estando en tu compañía.

—Estimo en cuanto puedo el favor que me haces —dijo el que se llamaba don García—, que es bien debido a la grande voluntad que siempre he tenido, y así deseo que tengas en la memoria este servicio para premiarle, cuando sin el presente cuidado nos viéremos.

—Pierde el que tienes y te da recelo dudando de mi voluntad —dijo la mujer—, que yo seré tuya, agradecida siempre a lo que has hecho por mi venganza, y pues es hora de ponernos a caballo, bajemos de aquí al portal de la venta.

Hicieron con esto algún rumor para salir del aposento y a este tiempo ya había Lisardo despertado a su amigo don Félix y dádole parte de lo que había oído. Desearon saber quiénes eran los vecinos huéspedes y en qué traje venía la mujer que se llamaba doña Mayor, y con ocasión de llamar a sus criados para que se levantasen a dar orden en caminar, salieron medio desnudos de su aposento a tiempo que, a la luz que llevaba una criada del ventero, vieron bajar un mancebo de buena disposición y un criado con sus cojines, y, tras él, otro mancebo de edad de veinte y cinco años, de gentil talle, a quien acompañaba un muchacho cubierto el rostro con una mascarilla. Este iba en hábito de lacayuelo; el vestido era leonado, cuajado de mucha guarnición de plata y el capotillo con muchas cintas y un sombrero del color del mismo vestido, adornado con muchas plumas blancas. Ya les estaban aguardando tres alentados rocines en que se pusieron, desmintiendo su sexo la dama, en la agilidad con que ocupó la silla del suyo. Salieron con esto de la venta, estando los dos amigos confusos sin saber donde dejaban hecha aquella muerte que habían comunicado antes de la partida. Ya era hora de caminar, y así se pusieron a caballo, tomando el derecho camino de Valencia.

Un cuarto de legua habrían caminado, cuando la blanca Aurora restituyó los colores a las flores y plantas, dando con su venida motivo a las aves para hacer las sonoras salvas. Caminaron ya de día cosa de media legua, cuando, yendo entretenidos con los donaires de Negrete, vieron de entre las malezas de aquel áspero puerto, salir al camino un ligero rocín desenfrenado, con un aderezo de campo muy lucido, en cuya mochila llevaba las cuatro bolsas que usan los que cursan el venátil ejercicio, y estas vieron que iban ocupadas según el bulto en que cada una de ellas parecía. Apeóse Negrete a tomar el rocín, lo cual pudo hacerse fácilmente por estar cansado. Esperaron con él más de media hora, por ver si vendría el dueño, mas como no viesen venir a nadie en todo lo que descubría del camino, quiso la curiosidad de Negrete examinar lo que había en las cuatro bolsas de la mochila. En la una dellas halló un legajo de papeles que le pidió luego don Félix y, desdoblando el primero, vio ser letra de mujer y que contenía estas razones:

La pena que me causa vuestra ausencia, mi don Leandro, me obliga a pediros sea más breve vuestra venida de lo que me habéis escrito, con que veo que no hay verdadero amante sin temor ni deseo enteramente cumplido. Mi padre le tiene de darme esposo y según la afición que muestra a don Hugo, Caballero de Valencia, creo ha de intentar dármele por dueño, y a los dos este pesar. Vuestra presencia puede excusar estos lances, si ya los de esta Corte no estorban mi dicha y marchitan mi esperanza. Dios os guarde y traiga a mis ojos como deseo. Vuestra hasta la muerte.

Con este papel hallaron otro de letra de hombre, en que vieron escrito este aviso:

Quien os desea servir, señor don Leandro, os avisa que guardéis vuestra vida y no salgáis de noche sin ir bien puesto o bien acompañado, que se trata de vuestra muerte con mucha brevedad; la causa vos la sabéis mejor que quien os da este advertimiento. La salida desta Corte podrá excusar este daño. Recibid la buena intención.

Junto a éste estaba en otro papel envuelto un hermoso retrato de una dama, cuyas perfectas acciones admiraron a los dos amigos, y dieron luego por el nombre de don Leandro, a quien se escribieron los dos papeles, que era este caballero el que dejaban muerto los que habían posado con ellos en la venta, y lo testificaba también el rocín sin dueño que vieron salir de entre la espesura del pinar al camino, habiendo sentido otras cabalgaduras. Con esto se determinaron a entrarse en el pinar por la parte que le habían visto salir, por si hallaban rastro de lo que presumían, y así lo ejecutaron, caminando por una senda angosta que descendía a un valle que, cercado de árboles, estaba media legua de donde habían cogido el rocín. En él vieron cerca de una fuente tendido a un hombre en el suelo, el cual estaba teñido de su rojo humor, no moviendo pie ni mano. Apeáronse Lisardo y don Félix y acomodándole Lisardo la cabeza entre sus manos, vio que tenía en el cuerpo cuatro heridas penetrantes. El rostro estaba cárdeno, vueltos los ojos y traspillados los dientes, señales de haberle desamparado la vida, si bien el cuerpo estaba aún caliente. Con el moverle Lisardo se estremeció algún tanto con que le dio algún consuelo, viendo que su alma aún no había desamparado su habitación corpórea. A este tiempo, por entre aquellos pinos y encinas llegó un hombre a toda prisa, vestido de camino, como lo estaba también el herido. Acompañábale un sacerdote y, arrojándose al suelo desde una mula en que venía, con tiernos sollozos comenzó a llorar sobre el herido caballero juzgándole ya por muerto. Apeóse así mismo el Sacerdote, y, llegándose al herido, le apretó una mano fuertemente estremeciéndole el cuerpo, diciendo en altas voces que hiciese alguna demostración de arrepentimiento de sus culpas para poder absolverle dellas. Aquí la misericordia divina obró piadosamente, porque, dando un penoso suspiro, le apretó la mano, de que le tenía asido, dando muestras de arrepentimiento de sus culpas, con lo cual el sacerdote le absolvió, dejando a los presentes consolados. Después desta cristiana acción trataron de dar orden como se llevase al más cercano lugar; mas halláronse confusos sin ver disposición en que poder ir, por estar tan mal herido; mas su criado, saliendo al camino para si topaba con más gente que les ayudase, quiso su buena suerte que de Madrid venía un caballero en una litera, el cual pasaba a Valencia. Dio cuenta del desgraciado suceso de su dueño, y pidióle con gran afecto que diese su litera para llevarle a curar. Fra el caballero compasivo y al punto se apeó para que sirviese su litera en tan piadoso como justo socorro. Llegaron con ella donde estaba el herido y poniéndole en ella y los demás a caballo, caminaron con él hasta un pequeño lugar media legua de allí de donde era Cura el Sacerdote que le había absuelto, en cuya casa se aposentaron todos a ruego suyo. Hallóse allí de paso un soldado que sabía curar por ensalmo, el cual les pidió que le dejasen con el herido caballero que, pues estaba aún con vida, sería Dios servido que no se le muriese como muchos a quien habla curado. Miróle las heridas y aunque eran peligrosas, todavía, les dio esperanzas de su salud. El caballero de la litera quiso proseguir su camino, sacóle Lisardo al campo y preguntóle en secreto qué barrios eran los que vivía en Madrid; él le dijo que en la calle de San Bernardo. Holgóse Lisardo de oírle esto, y preguntóle si conocía a Gerarda, hija de doña Teodora. Dijo que sí y que della le podría decir que, había ocho días que la viera partir de Madrid en una litera, acompañada de un caballero de gentil disposición, que en su hábito parecía soldado. Con esto se despidió de Lisardo, dejándole confuso y con nuevos celos en pensar que era don Fadrique de Peralta el que la acompañaba, con quién presumía que iba casada a Navarra. Dio cuenta desto a don Félix, que le halló dando orden en que se le diese una sustancia al herido, el cual, de lo que le dijo Lisardo no supo qué decirse sino presumir lo que él mismo en su salida de Madrid; pero para consolarle le dijo que presto sabrían la determinación de la partida, escribiendo a Madrid para que les avisasen de la certeza desto. Ya le habían dado la sustancia al caballero, que, vuelto algún tanto en su acuerdo, la tomó, y con ella se alentó un poco, no sabiendo en el lugar donde estaba, ni aún casi acordándose de lo que le había sucedido; tal estaba de haber perdido tanta sangre.

Aguardaron otro día en que el soldado le curó y halló mejores las heridas, dándoles buenas esperanzas de que cobraría presto la salud por haber conocido que las heridas no eran penetrantes. Con esto visitaron al enfermo los dos amigos, dándole cuenta su criado de quien eran, y lo que les debía, diciéndole que habían suspendido su viaje hasta verle fuera de peligro, agradeciéndole el enfermo con las más corteses razones que pudo, y, por dejarle reposar, se fueron a su aposento, que les tenía aderezado el cura, que, como hombre rico, así de patrimonio como por la Iglesia, deseaba hacerles todo gusto en su casa.

Ocho días se pasaron, en los cuales el soldado dejó sano de sus heridas a don Leandro, que así se llamaba el Caballero, si bien flaco de mucha sangre que había perdido. Fuele pagada su cura con mucha liberalidad y agradecimiento, así de la parte de don Leandro como de la de don Félix y Lisardo, con que se despidió de ellos. Y sabiendo los dos amigos que don Leandro iba a Valencia, de donde era natural, quisieron aguardar a que estuviese en disposición de caminar, que sería presto.

Un día que don Félix y Lisardo estaban con don Leandro, le pidieron encarecidamente que, si no le era cosa de disgusto, les diese parte de la causa de su desgracia, de la cual habían tenido noticias primero que nadie, como después sabría. Don Leandro, pareciéndole que era justo hacer lo que le pedía, les dijo que gustaría de servirles y así, prestando atención, comenzó su discurso desta manera:

—A la pretensión de un hábito y una Encomienda que tuvo mi padre, de que llevo ya hecha la merced, vine a Madrid, habrá nueve meses y, tomando posada en los Barrios de San Basilio, acertó a ser frontero de unas casas principales en que vivía un caballero de Burgos que había sido procurador de Cortes por aquella ciudad, y asistía allí después de acabadas ya sus pretensiones. Este tenía una hija cuyo nombre era doña Mayor; su hermosura os pondero con solo deciros que no había cuatro damas en Madrid que la hiciesen ventaja. Tenían todas las ventanas de su casa celosías verdes, a donde asistía todas las mañanas y tardes, sin ser vista, a ver la calle. De allí me vio muchas veces en los balcones de mi posada, como se ofrecía, ya medio desnudo o ya vestido. Debíle parecer bien o a ella se le antojó pasar el tiempo conmigo por acertar con la verdad. Al fin, dio parte desto a una criada, con quien, tal vez que su ama salía de casa, hablaba yo abriendo la celosía. Esta, inclinada a darme gusto, me dio cuenta de como su señora hablaba muchas veces de mí, favoreciéndome con alguna pasión. Yo, no dando crédito a sus razones, atribuí a lisonjas más que a verdades cuanto me decía, diciéndola que no tenía yo partes para merecer tanto favor de quien era tan celebrada en la Corte. Pasáronse algunos días, siempre continuando Emerenciana, que así se llamaba la criada, el decirme esto, y en uno, que era del mes de Julio, cuando frecuentaba el río toda la Corte, ya a bañarse o ya a gozar de la gente que le asiste, vinieron unas damas en un coche a mi posada, donde habían concertado con un amigo mío verse para ir a merendar al sotillo después de bañarse. Era gente principal y las dos dellas muy bizarras y hermosas. Estas, pues, subieron a mi cuarto donde me hallaron en calzas y jubón, hábito en que estaba hasta muy cerca de la noche, que entonces salía de la posada por ser, como os digo, los calores insufribles. Recibiles con la cortesía y agasajo que merecía su calidad, por ser la una, a quien mi amigo quería y estimaba, el cual no tardó mucho en llegar después de ellas. Con el alborozo de verlas favorecer mi posada impensadamente, traté poco del recato que debía tener con las ventanas de ella, y así pudieron ser vistas curiosamente por la hermosa doña Mayor, y como conociese ser gente principal, según el hábito, aunque no conocidas della, y así mismo ser hermosas, dio lugar a que en su pecho entrase un género de celos o no sé cómo los llame, pues no había amor confirmado en él. Llamó luego a Emerenciana y, con alguna pasión, le dijo:

—¿Qué te parece, amiga de don Leandro, si tiene en su casa quien le entretenga esta tarde? Todo cuanto hasta aquí me había parecido bien ha perdido para conmigo, por lo que he visto.

La criada le dijo:

—¿Pues es maravilla divertirse y entretenerse un hombre mozo y de las partes de don Leandro?, ¿quién hay en esta Corte de su edad que no trate de lo mismo? Conmigo a lo menos no habiéndole dado intención para que me sirviera no perdiera nada con esta acción: peor fuera que en edad madura tratara desto, como muchos ancianos que conocemos tratar de empleos, como si ahora comenzaran a vivir.

—Con todo —dijo doña Mayor—, no quisiera verle tan bien ocupado.

—Pues ¿qué te va, a ti —dijo la criada—, que él trate de su gusto?

—Quisiera yo —replicó su ama— que él se dispusiera a servirme, o a la menos que, sabiendo que yo vivo aquí, que no lo puede ignorar, hiciera algunas diligencias por verme.

—Divertido en sus pretensiones —dijo, la criada—, no debe de haber tenido esa curiosidad, o pareciéndole ser cosa de asiento y espacio.

—Antes, divertidos en tales empleos —replicó ella—, se olvida de lo que le pudiera estar mejor, pues a obligarme, no le estuviera mal heredar conmigo el mayorazgo de mi padre.

—Nunca te pensé ver tan declarada —dijo Emerenciana—, pero, pues ya lo estás conmigo, si gustas, yo le daré intención para que te sirva, sin que él presuma que de ti salga tal pensamiento.

—En ninguna manera —dijo la dama—, gustaré de que tal hagas.

Esto supe yo después de Emerenciana. Hízose hora de ir al río; hice que me pusiesen mi coche y entrándome en él con el amigo y las damas que habían venido, nos fuimos, viéndolo todo doña Mayor con mucha atención desde su ventana, la cual, sin poderlo sufrir, mandó a un paje, fuese a avisar a una tía suya, hermana de su difunta madre, que, si gustaba de bajar al río la enviaría el coche. Todo le sucedió bien, porque la anciana tía estaba con el mismo deseo y así se fueron las dos con Emerenciana al soto, y al río, llegando allá cuando se ponía el Sol. Habíamos tomado sitio para merendar cerca de los primeros molinos en una umbrosa estancia, y como el río en tal tiempo siempre estaba vadeable, pudo venir por el agua el coche de doña Mayor y su tía, hasta que nos descubrieron. Yo no conocí el coche, y así no recelé de hablar con las damas en general, porque en particular solo mi amigo era el que hablaba con la suya. Tomaron asiento, saliendo del coche, cerca de donde estábamos, y yo, deseando conocer quién fuesen las recién venidas, porque estaban de embozo, puse la vista curiosa y atentamente en ellas; pero, venían tan embozadas que, no pude divisarles un átomo de ojo: tal cuidado tenían con taparse; pero no lo pudieron hacer como deseaban, porque, a hurto dellas, se me descubrió a Emerenciana, dándome a entender con esto y una seña que me hizo, que su ama estaba allí. Estimé la ocasión y tracé modo como poderme introducir con ellas; no le hallé sino por el camino de burlarme de cuanto se ofrecía a la vista y decir de todo disparates, solo a fin de hacerlas reír, con lo cual pude a vueltas decir algunos a las vecinas embozadas; mas a ninguna cosa de cuantas les dije quisieron responderme. Trajeron la merienda y fue tan abundante que pude, por modo de cortesía, enviarles algunos platos regalados, suplicándoles me perdonasen el atrevimiento. Agradeciéronme el cuidado con corteses razones; merendaron y estuvieron allí hasta que vieron que nosotros nos veníamos que fue a tiempo que llegaron otros dos caballeros amigos míos, con cuya venida pude dejarlos entretenidos con las damas que ya estaban en el coche y yo ponerme a caballo y seguir el de doña Mayor. Luego que le alcancé, me acerqué a un estribo dél, diciendo:

—Cumpliera mal con el deseo de serviros si en persona no viniera a pedir perdón del atrevimiento de haberos regalado cortamente. Merezca mi voluntad, que no lo será en esta ocasión alcanzarle, con que me daré por favorecido.

Aquí tomó la mano para hablar doña Mayor, y dijo:

—Cuando lo seáis de nosotras, señor don Leandro, ¿qué sabéis si perderéis con la Señora Ero lo que aquí podéis ganar? ¡Que os importara poco y allá mucho! No tengo por fineza el haber dejado el coche de vuestras damas por hacernos merced, que os ponéis a riesgo de que no haya esta noche luz en la torre, y habrá peligro en pasar el estrecho con haber dejado la compañía y desear tenerla aquí.

—Satisfago a vuestra maliciosa presunción —dije yo—, asegurándoos que, si tan libre estuviera el galán de Abido de los peligros de amor, no pasara por el que tan decantado anda en el mundo. La luz que me negáis embozada, podré sentir y que el continuarlo me ponga en el estrecho de verme desvalido de vos.

—No se os niegue —replicó ella— que habéis hablado en la historia agudamente, pero no os ha de aprovechar, por ser las tres conocidas de vos. Perdonad por hoy, que otro día daremos lugar a que nos veáis, estimando ahora con agradecimiento el agasajo que nos habéis hecho y así podréis seguir vuestras damas, que no queremos que os vean nuestros dueños ir con nuestro coche.

—Rigurosa andáis —dije yo—, en no permitir, ya que no os conozca, que os vea a vos solamente, porque me dejáis de suerte que será increíble la ponderación que os pudiera hacer.

—Tiempo habéis tenido —dijo ella—, y ocasión para haberme visto si le hubiérades querido gozar, pero, como cosa de poca estima, no me admiro que no hayáis querido perder tiempo. Ganalde con quien os va a entretener las fiestas, que será pagar obligaciones.

Esto dijo, y al mismo punto corrió la cortina del estribo, no dando lugar a que la satisfaciese, ni respondídome más a cosa que le dijese, con que me fui a mi posada muy pagado de la conversación de la dama a quien nunca había visto, si bien por fama, sabía cuán hermosa era. Esa noche pasé inquietamente, cercado de mil pensamientos, proponiendo desde allí galantearla y servirla con mucho cuidado. No con menos pasó la misma noche la dama, según supe de Emerenciana. El siguiente día tuvo lugar la criada de verse conmigo con achaque de salir a misa, y me dijo la inquietud que había tenido su señora de ver en mi posada a aquellas damas y así mismo me reveló que, ella había ordenado con su tía la ida al río, y con esto, todo cuanto había pasado aquella noche hablando de mí, estando doña Mayor muy puesta en favorecerme, si yo la servía. Dispuse esto con un papel que la escribí, cuyas razones tengo en la memoria, que eran estas:

Nunca presumí que plática tan en orden a reñirme como la vuestra, dispusiera en mí la voluntad para amaros y desear serviros. Estimar debo la ocasión que tanta dicha me previno, aunque, ya me cuesta cuidados y deseos de volver a verme en otra. Suplico os admitáis esta voluntad, considerando ya en orden a mereceros por dueño de mi alma con los vínculos que dispone la iglesia.

Este papel tuve modo como dársele a Emerenciana desde mi balcón, delante de doña Mayor, porque fue ocasión que tenían abierta la celosía y desde él pude arrojársele allá envuelto en una piedra. Recibióle de mano de su criada la hermosa dama y leyóle con mucho gusto, según supe della. De allí a dos días me trajo la respuesta, que contenía esto:

Si una leve reprehensión os cuesta cuidado para errar de nuevo más que enmendaros, por dudosa tengo vuestra reformación. A creeros lo que me aseguráis por verdad, pudiera decir que incurrís en acreditaros de mal gusto, mas, por lo bien que me está, quiero persuadirme a que, si no soy tratada con amor de vos, puede haberme engañado la cortesía. El tiempo me saque desta duda, y a vos os deje conocer lo que en el discurso fuere paga de vuestras finezas. El cielo os guarde.

Contentísimo quedé con el papel y, desde aquel día en adelante, acudía a servir a doña Mayor y regalarla con mucha puntualidad, siendo favorecido della en lo que lícitamente pudo.

Dos años habría que un Caballero de Madrid llamado don García saliera de la Corte para Sevilla, a cobrar cierta cantidad de plata que le venía de las Indias. Este, pues, sirvió un poco de tiempo a doña Mayor y ahora, volviendo a su patria después de ocho meses de ausencia, continuó este galanteo con muchas veras, asistiendo en su calle de noche y de día, no perdiendo ninguna fiesta el acudir a donde doña Mayor iba a misa, cosa que me daba grandísimo enfado, no obstante que era yo el favorecido. Díjeselo a mi dama, y ella me aseguró con grandes juramentos que, solo yo era el que quería y estimaba, sin haber nadie que pensase ser antepuesto a mí, y que, solo deseaba que su padre acabase sus pretensiones, para que yo tratase de pedírsela por esposa. Con esto estaba el hombre más satisfecho y confiado del mundo, deseando llegase el tiempo que decía para verme en el estado que deseaba. Sucedió, pues, que aquel amigo mío, con quien fui al río, tuvo un disgusto con su dama, y, para quejárseme dél, vino ella a verme a mi posada un día, a tiempo que doña Mayor la pudo desde la suya ver entrar en una silla. Púsose a la celosía que caía más frontera de mi aposento a donde estábamos. De allí, sin ser vista pudo atentamente ver a la quejosa dama hablar conmigo muy llorosa, y que yo la consolaba. Desta plática no oyó razón alguna, pero coligió del semblante de la dama ser todo amor el que la obligaba a buscarme en mi posada y llorar conmigo. Y así, la siguiente noche, me preguntó qué era lo que con la dama me había pasado. Yo, procurando satisfacerla, le dije la verdad, pero no pudo creer de mí serlo, y así me mandó que en ninguna manera, ora fuese dama de mi amigo como decía, o mía como sospechaba, entrase más en mi posada, pena de que, si a esto contravenía, no me había de hablar más en su vida. De nuevo le di más satisfacciones y me dispuse a obedecerla sometiéndome a la pena de su olvido perdiendo su gracia.

Pasáronse algunos días gozando de sus favores, en los cuales acudía a la posada de mi amigo a procurar con él volviese a verse con su dama; pero estaba tan ofendido con justa causa de ella que, no pude acabar con él que la satisficiese con verla; tanta era su entereza. Queríale bien ella, y no tenía con quien aliviar su pena sino conmigo, y así importunábame que se le llevase a su presencia que, con solo eso, se consolaría. Esto estaba dificultoso de acabar con él.

En este interín don García, mi competidor, viendo novedad en la voluntad de doña Mayor, por no le corresponder a la suya como antes, se determinó escribirla, en unas décimas que, por orden de Emerenciana, vinieron a mis manos, las cuales se le escribieron en metáfora de un almendro que, apenas se vio florecido a la entrada de la primavera, cuando el hielo le marchitó la flor y la hoja aplicado a una esperanza burlada.

Aquí interrumpió su discurso don Félix diciendo que, si las tenía en la memoria, que las dijese.

—Sí tengo —dijo don Leandro—, y eran éstas:

> Para bienes de vestido,
>   almendro, quisiera darte,
>   que viniste a anticiparte
>   más bizarro que advertido.
>   Confiado y presumido,
>   sin reparar en tu daño,
>   ya gozas del desengaño
>   pues permitió tu osadía,
>   por verte galán un día,
>   que no lo estés todo un año.
> Símbolo vienes a ser
>   con tus mal logradas flores
>   de quien, por mostrar verdores,
>   fruto no quiere tener.
>   Agostóse tu placer,
>   la gala se volvió en luto
>   sin esperanza de fruto,
>   que viene a estimarse en poco
>   quien sigue al almendro loco
>   y olvida al moral asturo.
> Burla hiciste del cruel

hielo, y desnudó tu rama
que quien el peligro ama
viene a perecer en él.
Tú, que, en pomposo dosel
las primicias del verano
ostentar quisiste ufano,
llora tu calamidad
que viene a baja humildad
quien peca de loco y vano.
Bien a la esperanza mía,
árbol seco cuando verde,
imitas, pues que se pierde
cuando en su verdor confía.
Primavera prometía
a mi pena y desconsuelo;
por premio de mis desvelos,
por alivio del dolor
marchitóse ya mi amor
con el hielo de los celos.

Estas décimas, como os he dicho, me trajo Emerenciana, la cual siempre estaba de mi parte a cuanto se ofrecía. Supe el poco caso que doña Mayor había hecho de los versos de don García, y así no me dio cuidado el opositor, mas esta negra confianza fue la que me engañó. Salió un día mi dama muy de mañana a misa sin que yo lo supiese, y ese día quiso mi desgracia que madrugase la quejosa dama de mi amigo para venir a mi posada a tratar conmigo de que con veras hiciera las amistades entre los dos amantes. Hallóme en la cama y pesóme que hubiese venido a buscarme, por si lo venía a saber doña Mayor, de quien temía el rigor de la sentencia que me tenía dada; pero aseguróme el ver que era tan de mañana y a hora que ella no se levantaba tan presto ni nadie de su cuarto. Con esto di lugar algo más a la afligida señora contándome las sinrazones que mi amigo usaba con ella. Prometíla hacer cuanto pudiese por llevarle a su casa, con lo cual se despidió muy agradecida de lo que la prometía, pero fue a tan mal tiempo que, al bajar por la escalera, se encontró en ella con doña Mayor y, sin tener lugar de cubrirse con el manto, la hubo de conocer. No la dijo palabra alguna, más subió a mi aposento y, perdido el color de su hermoso rostro, con el enojo causado de los celos, me dijo:

—Siempre mis temores me profetizaron el falso trato que ahora experimento en vos; pero engañábame la voluntad mal empleada que os tenía. Yo doy gracias a Dios que, con el desengaño que llevo de lo poco que sabéis obedecer y obligar, sabré de hoy en adelante vivir más libre y menos confiada, y así os prevengo que, lo que propuse de no os hablar, cumpliré con más rigor que os habréis prometido.

Quise satisfacerla suplicándola me oyera, pero no fue posible porque, con ver que me levanté desnudo a detenerla, apresuró pasos y bajó con prisa por la escalera sin aguardar a oírme palabra alguna, y así se fue a su casa, dejándome lleno de mil confusiones, maldiciendo a la dama y al amigo por quien tanta pesadumbre me había venido. Procuré esta tarde satisfacerla con un papel, pero rompióle sin abrirle, y esto mismo hizo con el segundo y con el tercero, mandando a Emerenciana que no recibiese otro sino quería que la despidiese de su servicio. De todo esto me avisaba la criada, que no tenía ya lugar para verme por estar su ama con notable cuidado de no dejarla salir de casa, como antes, cuando era favorecido. Busquéla en los templos donde acudía y siempre la vi cubierto el rostro con el manto y huyendo de mí.

En esto se pasó un mes en el cual don García, mi competidor, no desistía de servirla con mucha puntualidad. Quiso vengarse de mí doña Mayor y darme declarados celos, y así comenzó a favorecerle. Vine a saberlo yo, con que se logró su intención como la deseaba. Viéndome con la mayor inquietud que podréis pensar, no comía ni dormía: todo me daba fastidio; faltaba a la correspondencia de mis amigos y andaba solo con el cuidado de ver a mi competidor en ocasión donde vengar en él mi enojo. Dos noches o tres le aguardé en una calle cerca de la mía donde caían las ventanas de la casa de doña Mayor, por donde fui avisado de Emerenciana, que le hablaba su señora, pero era tan recatado don García que, en sintiendo gente en la calle, no entraba en ella, y era por haberme conocido. Reveló este martelo a un amigo suyo y, estando enfermo unos días, le escribió estas décimas don García, que le envió, juzgándose por enviado de mí, y teniéndome por demasiado curioso en seguir sus pasos. Las décimas eran éstas:

Ni Libia tantas arenas,
  ni tantas algas el mar,
  ni de tormento y pesar
  el infierno tantas penas.
  Tantas rosas y azucenas
  de Chipre tiene el jardín,
  ni tantos daños en fin
  ha causado la perfidia
  cuantos hijos dio a la envidia
  el soberbio Serafín.
Es carcoma que se cría
  en la más altiva palma,
  polilla obscena del alma
  que la daña si porfía.
  Glotona y voraz arpía
  de las mesas de Fineo,
  con tan hambriento deseo
  que, si le falta ocasión,
  en su mismo corazón
  hace tiránico empleo.
No hay cosa que esté segura
  de su maldiciente rabia,
  que al más retirado agravia
  su loca desenvoltura.
  La más perfecta hermosura
  le paga lo que no debe
  ésta, Celio, que se atreve
  del más temido Monarca;
  al que calza humilde abarca
  hoy mi propia sangre bebe.

Descuidóse el enfermo, y habiéndole visitado un amigo suyo y mío, le cogió el papel que después me mostró diciéndome cúyas eran las décimas sin saber a qué fin se habían hecho. Yo, que le sabía mejor que él, le pedí el papel y me le llevé a mi posada para verles despacio. Indeterminado estuve en lo que haría y mi mucha cólera resolvió de matar a mi competidor sacándole al campo desafiado. Con esta resolución comuniqué el caso con un amigo, mas él cuerdamente, me quitó del pensamiento mi determinación y lo que me aconsejó fue que procurase, lo primero, mudarme del barrio en otro muy distante de aquél, y lo segundo, si me fuese posible, que tratase de olvidar a doña Mayor, despicándome con otro empleo que la igualase en partes de hermosura, calidad y discreción. Obedecíle mudándome luego a barrio muy distante del que vivía. Vio doña Mayor llevar todo el menaje de casa y, aunque estaba tan indignada conmigo, me avisó Emerenciana, que sintió mucho mi mudanza, diciéndola, que nunca pensara de mí que tan poco la quería, pues dejaba su vecindad.

Ofrecióse haber una fiesta en un Monasterio de Madrid a que concurrió mucha gente. Acudí a ella donde, mi buena suerte, me encontró en una capilla con una bizarra y hermosa dama cuyo donaire, a no me hallar tan lastimado del desdén de doña Mayor, pudiera rendirme luego. Dióme audiencia todo lo que duraron unas solemnes Vísperas y supe su casa, informándome de su calidad y hallé ser única hija de un caballero del hábito de Santiago natural de Denia, que asistía en Madrid a un pleito. Tuve modo como visitarla en su casa, y la continuación que en esto hubo, pudo olvidar el amor de doña Mayor como si no la hubiera conocido, poniéndole en doña Laura, que así se llamaba esta dama, de suerte que, sola su presencia era mi consuelo y mi gusto. No obstante que doña Mayor me aborrecía favoreciendo en este tiempo a don García, era tan curiosa, que procuró saber de un criado mío en qué me entretenía y si servía alguna dama. Súpole tan bien sobornar con dádivas, que la dijo cuanto pasaba y lo mucho que festejaba a la hermosa doña Laura, con que perdía la paciencia, hallándose culpada en haber creído ser cosa mía la dama que vio dos veces en mi posada. Hizo extraordinarias averiguaciones en saber con más fundamento mi nuevo empleo y supo más que quisiera teniéndola impaciente los rabiosos celos.

Hizo el anciano padre de doña Laura una forzosa ausencia de la Corte, en la cual había de estar cuatro meses, y así partió de ella para su patria llevándose consigo a su hija. Luego que llegaron al fin de su viaje me avisó de su llegada mi hermosa dama, y por orden de una amiga suya nos correspondimos cada ordinario con mucha puntualidad y amor. Desta suerte me pasé un mes y al cabo dél tuve una carta de doña Laura en que me avisaba, como su padre la intentaba casar con un caballero de su tierra, que yo conocía por asistir en Valencia que, si no quería ver usar con ella violencia, me pusiera luego en camino a pedirla a sus padres. Con esta carta me envió un hermoso retrato suyo, que a su tiempo veréis. Determinéme a dejar la comenzada pretensión del hábito y acudir a lo que me llevaba la voluntad de quien pendía mi gusto, y así dispuse mi partida. Aquel criado que dio aviso a doña Mayor de que yo servía a doña Laura, diésele de cómo me partía a casar a Denia. Esto supe después, por haber faltado el criado de casa y haber comunicado esto con el que ahora me sirve.

Dos días antes de partirme de Madrid, echáronme por una ventana baja de mi cuarto una carta que me avisaba me guardase porque se intentaba el quitarme la vida, aconsejándome de camino dejase la Corte. Como yo estaba tan de partida fue muy fácil apresurarla, así por esto, como porque no causase daño mi dilación. Continuando, pues, mi jornada, llegué a esa venta que llaman de Pajazos, hallé en ella un forastero que me preguntó en habiéndome apeado dónde era mi camino, y yo le dije que a Valencia; él me replicó que hacía el mismo viaje que, si yo gustaba, me acompañaría. Yo seguro de que allí me pudiese suceder nada, acepté su ofrecimiento con mucho gusto, y así me ofrecí irle sirviendo hasta Valencia. Esta tarde salimos cada uno acompañado de su criado y al llegar aquel sitio donde me sucedió la desgracia, oyendo rumor de agua, me dijo la nueva camarada que, si le daba licencia, quería entrar por lo espeso, de aquellos árboles a beber en una fuente cuyos despojos cristalinos salían al camino real a dar noticia de su líquido caudal. Yo, que me hallé en aquella sazón con sed, dije que le acompañaría, y así le fui siguiendo hasta hallarnos en un verde pradillo. Apeóse de su mula, y en tanto que yo me apeaba, pudo el criado del forastero desenfrenar un cuartago en que yo venía, habiéndose apeado: esto hizo con grande simulación, sin que se echase de ver que lo había hecho. Como se sintió sin freno, comenzó a correr por aquel prado entrándose por lo espeso de aquellos árboles. Trataron los dos criados de ir a cogerle, y en tanto, el caballero forastero que quedó conmigo a solas, sacando una bocina de la faltriquera, hizo con ella una seña diciendo que era para llamar a su criado porque volviese y a caballo procurase coger mejor mi cuartago. Creíle, mas presto vi el efecto de la seña, acudiendo aquella parte un hombre de buena estatura, vestido de camino, cubierto el rostro con una mascarilla de tafetán negro. Venía con él un lacayuelo con otro bizarro vestido, asimismo cubierto el rostro. En viéndose los dos, el que me acompañaba sacó luego la espada diciendo:

—Señor don Leandro, defendeos, que es justo obedecer a quien me ha mandado que os quite la vida.

Yo, alterándome de lo que le oía le dije:

—No es de hombre de noble sangre lo que habéis hecho conmigo trayéndome aquí con engaño, por lo cual presumo que venís bien armado; yo tengo de defender mi vida en cuanto me durare, procurando estorbar que no consigáis vuestro intento.

Y así, sacando la espada, los comencé a acuchillar, y, ellos a mí.

El lacayuelo me comenzó a tirar piedras desde afuera sin descubrirse el rostro él, ni el con quien había venido. Quiso mi desdicha que, pisando en cierta parte húmeda, cayese de espaldas deslizándoseme los pies al tiempo que me dieron las dos más peligrosas heridas con que me hallasteis. Asegundaron con otras, y así me dejaron por muerto diciendo:

—Esto es hecho; ya no queda aquí más que hacer.

Con esto se puso el que venía conmigo a caballo y los demás le siguieron a pie entrándose por lo espeso de aquel monte. Yo quedé de la manera que me oís. Llegó en breve mi criado sin haber podido tomar el cuartago y, viéndome en tal estado, comenzó a hacer mil exclamaciones juzgándome por muerto. Yo le pedí afectuosamente me trajese un confesor con quien confesase mis culpas, y, en tanto que fue por él, llegasteis los dos según he sido informado, donde sucedió lo que habéis visto. Bien creo que este trabajo me vino por orden de doña Mayor, siendo ella la que mandaría que me matasen. Este es mi suceso estimando de nuevo el socorro que me habéis hecho y la merced que me hacéis.

Mucho se holgaron los dos amigos de oír a don Leandro su amoroso discurso, si trágico en el fin, y le advirtieron, por lo que habían visto y las señas que les dio del lacayuelo, que era doña Mayor, que así lo habían entendido de la plática que, aquella noche que sucedió su desgracia, oyeron en la venta.

Admiróse mucho don Leandro, así como lo estaban los dos amigos, que una celosa pasión se apoderase tanto de una mujer que la hiciese salir a ver su venganza, poniendo su reputación al libre censurar del vulgo.

Con estas y otras pláticas pasaron aquella tarde y otras el tiempo que duró la convalecencia de don Leandro, y, viéndose ya en disposición, para ponerse en camino, dispusieron su jornada para de ahí a esotro día y cuando la Aurora comenzaba a comunicar su luz a los mortales se pusieron a caballo.

Ese día comieron en Requena y durmieron cinco leguas antes de Valencia. No quería don Leandro detenerse por no llegar a tiempo a que su doña Laura la hallase casada con el propuesto novio, y así lo dijo a don Félix y Lisardo. A ellos les pareció bien la resolución, ofreciéndose los dos a ir en su compañía por ver el fin de su pretensión. Don Leandro se lo agradeció mucho y ese día y otro caminaron dejando a Valencia con no poco sentimiento de don Félix, por pasar por ella sin ver al dueño de su alma. La tarde antes de llegar a Denia quiso Negrete entretenerles con su buen humor, y así les dijo que, si le daban licencia, cantaría un romance que escribió a una dama coja a quien no pudo alcanzar en su amorosa pretensión. Causóles risa el extraordinario asunto y don Leandro le rogó afectuosamente que le cantase. Púsose en lugar para ser bien oído, y con sonora voz cantó desta suerte:

> Pastores destas riberas,
>   yo adoro una moza, una
>   que a ser dos las que adorara
>   gentilidad fuera mucha.
> Son las señas desta moza
>   ojinegra y pelirrubia,
>   cabal de todos sus miembros

menos de la gamba zurda,
que quiso naturaleza,
   que tal vez de errar se gusta,
   que al templo de su beldad
   faltase la arquitectura.
Agravió su proporción
   y en desiguales columnas
   dejó a orza su belleza
   fundó al sesgo su hermosura.
Esta, pues, niña al soslayo,
   que al poner las piernas juntas
   una se halla a la gineta
   y otra a la brida se ajusta,
con vaivenes de su cuerpo
   el corazón me bazuca,
   y para robarme el alma
   fue su pierna la ganzúa.
Condúceme a sus umbrales
   socarrona como astuta,
   áspid sordo a mis querellas,
   fiera arpía a mis pecunias.
Tras ella corre el deseo,
   no la alcanzo y me disgusta
   que, sin tomar vuelo de ángel,
cojo Serafín me huya.
Sigo alentando el alcance,
   y ella parece en la fuga
Daphne, aunque al pipirocojo,
   yo el Dios de las barbas rubias.
Atiende, le dije un día,
   coja sin volar clausura:
   ¿qué importa que Renga seas?
   Tucapel es quien te busca.
Dije y ella, más tacaña

que es una gallega mula,
por repuesta me volvió
las circunferencias sucias.
¡Oh tú, chipriota deidad,
que por nacer de la espuma
en amorosos cuidados
jamás te hallaron cartuja!
Tú, que para entretenerte
en juguetonas holguras
adormeces tu velado
al son de una cornamusa;
pues eres madre de mozas,
suplícote que reduzgas
a tus quicios esta hembra
tan baldada cuanto dura;
que si en tu mansión la veo
ya en publicidad, ya oculta,
mientras dance el pie gibao
bailaré la gatatumba.

Celebrar el romance a Negrete y llegar a Denia fue casi a un tiempo. Fuéronse a apear a una posada donde, habiéndole dado una sala a los tres caballeros, quiso don Leandro saber luego de su dama, y así se lo preguntó al huésped. El le dijo:

—No quisiera, señor Caballero, que me hubiérades preguntado por esa señora, porque así ella como otras personas deste lugar, faltan hoy dél por una desgracia.

Turbóse don Leandro con lo que oyó al huésped y, queriendo saber con más espacio lo que sucintamente le decía, le rogó se entrase a su aposento donde estaban don Félix y Lisardo. Hízolo, y sentados todos cuatro, prestándole silencio al huésped, comenzó así:

—Sabréis, señores míos, que habrá seis días que don Guillem, padre de la hermosa doña Laura, se fue a una quinta suya que está vecina al mar, donde estaba con su hija y criados holgándose. Había tratado de casar a doña Laura con un caballero de aquí que asistía en Valencia, llamado don Hugo, heredero de un rico mayorazgo, pero la dama no gustaba del casamiento. La causa no sabré deciros, mas de que el padre andaba algo disgustado con ella por no ser obedecido en lo que deseaba, y ésta fue la principal causa que le movía a irse a su quinta. Tenía muy adelante los conciertos del anciano don Guillem y como vio el disgusto que en este empleo mostraba su hija, entretenía a don Hugo, pareciéndole que, con el tiempo, allanaría estas dificultades. Vino don Hugo a saber la causa porque se le dilataba la boda y, sospechoso de que, por mayor interés, quería romper la palabra el que había de ser su suegro, se dispuso a lo que oiréis. Vino una noche con cuatro amigos y, cerca de la quinta, aguardó a que llegase la mañana alojados en una granja vecina a ella. Llegado, pues, el tiempo que deseaba, se le vino a medida de su deseo que doña Laura salió a gozar el fresco a la orilla del mar con dos criadas y un anciano escudero. Llegaron a este tiempo don Hugo y sus amigos, y tomándola el que había de ser su esposo en sus brazos, caminó con ella a donde tenían sus caballos para ponella en uno y llevarla a su pesar a Valencia. No se le logró su deseo y estuviérale mejor a la cruel dama, porque de una emboscada salieron cosa de doce Moros que habían arribado allí con un fragata, los cuales cautivaron, sin darles lugar a defenderse por no oponerse contra las armas de fuego que traían, y así, a vista de sus criadas, fueron cautivos y entrándoles luego en la fragata, zarparon de la orilla con mucha algazara, llevándose la presa. Fue la triste nueva al anciano don Guillem, y ha estado con ella estos días que pierde el juicio de pena. Esto es lo que os puedo decir en lo que deseábades saber.

Como don Leandro oyó estas nuevas al huésped, y él no estaba bien convalecido de sus heridas, dióle el sentimiento un desmayo que le duró más de cuatro horas sin que volviese en sí. Lleváronle sus amigos a la cama, donde, habiendo vuelto, fueron tantas las lágrimas que vertió y los suspiros que dio y las palabras de sentimiento que dijo, que no hallaban con qué consolarle don Félix y Lisardo. Desta suerte pasó aquella noche en continuo desvelo, juzgándose por el más desgraciado caballero del mundo, pues en tiempo que era llamado para ser admitido por esposo de doña Laura, le había turbado el gusto y sosiego la inconstante fortuna con esta adversidad. Allí estuvieron los dos amigos dos días y, siendo avisados que de Valencia se partía a Argel el Redentor de la Orden de Nuestra Señora de las Mercedes, partiéronse de allí a tratar con él don Leandro que, por acompañado le permitiese ir con él en el hábito humilde, como criado suyo, que así lo dispusieron porque no diese las sospechas a los Moros.

Llegaron a Valencia donde don Leandro estuvo con el Redentor y, dándole cuenta de la desgracia de su dama, significándole la pena que tenía, le persuadió a que le llevase consigo como tenía trazado, y esto mismo le rogaron don Félix y Lisardo, con lo cual partió el día siguiente, embarcándose para Argel, donde le dejaremos hasta su tiempo por tratar de don Félix, el cual, así como dejó embarcado a don Leandro, en compañía de su íntimo amigo Lisardo, se fueron a informar los dos si estaba en Valencia don Jaime, el hermano de doña Victoria, y, con diligencias que hizo un conocido de don Félix, supo estar ausente de la ciudad y que asistía en Madrid. Hallando don Félix con esta nueva ser verdadero el aviso que desto le habían dado, fueron al monasterio donde estaba la hermosa dama, y en el torno dél, supieron estar indispuesta cuatro días había, de una maliciosa fiebre que les tenía puestos en cuidado el remedio de su salud. Con esto estaba el enamorado caballero que perdía la paciencia. Consolábale Lisardo cuanto podía y dióle por consejo que la avisase en un breve papel de su venida. Hízolo así granjeando con regalos a la que tenía el cuidado de asistir al torno, la cual, sabiendo ser don Félix el que doña Victoria había elegido por esposo suyo, se inclinó a servirle con cuidado: llevó el papel y, dándosele a la enferma, dama, fue tanto lo que se holgó con él, que ya le parecía no tener mal ninguno.

Respondió a don Félix, aunque por mano ajena, dándole la bienvenida y significándole el contento que con su papel había tenido, y, en cuanto al orden que le daba en lo que debía hacer, era que aguardase quince días, en el cual tiempo esperaba a un tío suyo que había de venir de Barcelona, a quien había enviado a llamar, y con él trataría de su casamiento y esperaba sería dél bien admitido, por habérsele mostrado muy de su parte siempre en este negocio, y contrario a la opinión de don Jaime su hermano, y que le advertía que el esperar había de ser fuera de Valencia, porque no fuese visto en la Ciudad, que importaba así. Esto contenía el papel que firmó la hermosa doña Victoria, escribiendo dos renglones de su mano en que le pedía tuviese alguna paciencia, así por su mal como por esperar a su tío que, sin su orden, no era bien disponer nada.

Holgóse mucho don Félix con el papel y, por cumplir con el mandato de su dama, estaban determinados él y Lisardo de volverse a Denia, a pasar allí el tiempo señalado, pero luego les vino otro aviso del convento en que, con un hermano de una monja amiga suya, se fuesen a una alquería que tenían a dos leguas de Valencia, orillas del claro Turia. Dispusieron la ida, que fue en compañía del dueño della, que se llamaba Garcerán. Llegados a la alquería a prima noche, fueron en ella muy bien recibidos, encargando Garcerán al casero della, tuviese mucho cuidado en servirles, y él prometió darles aviso desde Valencia, así de la salud de doña Victoria, como de la venida de su anciano tío.

Libro V

Aposentados los dos amigos, Lisardo y don Félix, en la alquería de Garcerán, aguardaban la ocasión en que dél habían de ser avisados que había venido de Barcelona el tío de doña Victoria, teniendo don Félix muy ciertas esperanzas de verse presto en la posesión de esposo de su dama. Bien diferentes cuidados eran los de el melancólico Lisardo, mal pagadas sus finezas, y poco reconocido el amor que a su Gerarda tuvo, renovando cada día la memoria del lance que le pasó la última noche que se vio con ella. Dudoso estaba de las nuevas que de su partida le habían dado, no presumiendo a qué parte pudiese haber ido sino era a la tierra de don Fadrique de Peralta, que era Navarro. Esto juzgando, y que habiendo escapado de las heridas que le dio, se habría casado con ella. De todos estos cuidados le procuraba divertir Negrete, el cual, en todas ocasiones le entretenía, ya con donaires, ya con versos jocosos, que los hacía a ridículos asuntos, con fin de darle gusto.

Un día se determinaron gozar de aquellas amenidades que llaman huerta de Valencia, a quien el claro Turia fecundaba con sus cristales. Salieron algo de mañana a pie, y entráronse por lo más ameno de aquellas frescas sombras. Iba don Félix haciendo relación a Lisardo de las perfecciones de su dama, asegurándole que era menos su exageración, que el hermoso sujeto, y que quisiera tener un retrato que su amigo el genovés le llevó a Italia, para que viera ser verdad lo que decía. Aquí se tomó licencia de hablar Negrete como la tienen los que profesan el buen humor, y dijo:

—Holgárame, señor don Félix, de haber visto a mi señora doña Victoria, que yo la retratara con tales pinceles, que ni los de Zeusis, Timantes, ni Apeles cobraran tal fama en todo el Orbe.

Riéronse los dos amigos de la exageración de Negrete, y díjole Lisardo:

—No sabía yo que tenías esa gracia, más de las que te acompañan, y más con tanto primor como nos exageras, diciendo exceder a lo que has dicho. ¿Cómo no me has dado parte de tal habilidad para que ganáramos dineros en Madrid?

—No hago retratos —replicó Negrete— con pinceles y colores, pero mis versos bastan a realzar la más perfecta hermosura, y darla tan igual fama, como si la copiaran primorosos pinceles; y por que veais que sé retratar con perfecto primor, así en las burlas como en las veras, os quiero cantar unos versos que hice retratando a una dama, donde veréis las veras y las burlas mezcladas con alguna gracia.

Pidióle don Félix, que dijese luego los versos de que constaba el retrato, y él, con dulce voz, cantó de esta suerte:

Con pinceles seguidos
   formo un retrato,
   que es milagro que acierten
   a hacer milagros.
Su atención me presten
   doctos y legos,
   que en habiendo pintado
   yo se la vuelvo.
De tu rara belleza,
   divina Anarda,
   hoy, sin ser Jubileo,
   publico gracias.
Con el oro fino
   de tus cabellos,
   los del quinto planeta
   parecen negros.
Por tus crespas ondas
   amor navega,
   siendo en ellas cosarios
   de tantas presas.
El candor de tu frente
   miró el aurora,
   y por no competirle,
   derrama aljófar.
Los dos iris que muestra
   tu rostro hermoso,
   nos publican las paces
   de tus enojos.

Viendo tus dos soles,
    ¿qué ha de hacer el Sol?
    Mendigando rayos
    haráse bribón.
Si en hacer homicidios
    siempre delinquen,
    como niños de entierro,
    de azul se visten.
De tus dos mejillas,
    las rosas hurtan,
    púrpura nevada,
    nieve purpúrea.
Los dos campos divide
    perfecta línea,
    en quien nunca defectos
    halló la envidia.
Y aunque en su competencia,
    juzga primores,
    poco sirven jueces
    entre conformes.
Maravillas nos muestra
    tu boca, Anarda,
    pues que da la vida
    con lo que mata.
Es tu cuello nevado
gentil columna,
    que sustenta el templo
    de la hermosura.
De tus blancas manos
    hermosa niña,
    más me atengo a las presas
    que no a las pintas.
De lo más que no informo
    por el vestido,

a su camarera
tomen el dicho.

Holgáronse de oír en el trivial metro de las seguidas los graves conceptos de las perfecciones del retrato, aunque Lisardo no pudo dejar de decirle que nunca le aconteciese exagerar tanto sus versos, sino que librase las alabanzas de ellos en las lenguas de otros, pues de ellas pendía la fama, y no de la estimación propia, que esto le daba por consejo. Admitióle Negrete para otra ocasión, ya que en aquella no se pudo aprovechar dél. En esto emparejaron con una alquería, cuyo frontispicio y torres de la casa della, les dio deseos de verla, brindándoles a esto el ver su puerta abierta. Entraron dentro, y en la primera entrada vieron una espaldera de verdes naranjos, que, trepando sus hojas por unos encañados, impedían la vista de lo que estaba dentro, si bien, por una artificiosa puerta, se hallaron en una placeta cuadrada, adornada por todas partes, así de olorosos jazmines como de verdes murtas. En medio estaba un hermoso cenador, y dentro dél una artificiosa fuente, que vertía sus claros cristales por cuatro hermosos caños. Cerca della, estaba un hombre tendido entre la verde murta, que a la vista parecía estar dando tributo al perezoso Morfeo.

No quisieron inquietarle, antes, para ver quien fuese, fueron por otra parte del cenador a verle, sin que él los pudiese ver cuando despertase. Era el joven de edad de veinte años, de buen rostro, y mejor proporción de miembros; estaba vestido en traje de pastor, con pellico de palmilla verde, guarnecido de vivos leonados, los calzones y polainas eran de lo mismo, el cabello tenía algo crecido; junto a sí tenía su cayado y zurrón, estaba algo quebrado de color y flaco. Admiráronse don Félix y Lisardo de lo que vían, pareciéndoles todo enigma, por que el color del rostro poco tostado, la traza del joven y todo lo demás que miraban en él, desdecía del ejercicio pastoril, bien ajeno de aquellos tiempos, andar con tanta curiosidad vestido, y así deseaban despertarle de su grave sueño, para hablar con él y saber qué hacía en aquel sitio. Presto les cumplió el deseo, porque el mozo despertó con un inquieto desasosiego, diciendo:

—¿Hasta cuándo, mudable Belisarda, quieres que pene tu olvidado Anfriso? Poco debo a tu memoria, pues finezas de tantos años has propuesto a tan pequeños méritos, y tan modernos servicios como tiene y te ha hecho a quien favoreces. Séanme consuelo mis competidores Galafrón y Leriano, si bien ninguno de los tres con más justa causa deben quejarse como yo, que en aquél es mayor el sentimiento de la perdida prenda amada, que ha sido más favorecido suyo. Testigos me sean estos montes de Arcadia, estas amenas selvas que riega el cristalino Amaranto, los pastores que apacientan sus ganados en sus floridos valles y verdes collados, que he sido firme amante en quererte, Belisarda mía.

De nuevo dejó admirados a los dos amigos y a sus criados las razones del solitario pastor, juzgando de ellas estar falto de juicio. Confirmóseles esta sospecha, con ver que se levantaba de un oculto lugar otro joven, así mismo vestido al modo que el que primero habían visto. Este, llegándose a él, le dijo en alta voz, asiéndole de la falda del pellico:

—¿Qué es esto, olvidado Anfriso? ¿Nunca el desengaño te acaba de curar, para no acordarte de aquella ingrata pastora, a quien tan poco debes? Si consideras, que olvidada, y poco reconocida de tu voluntad y finezas, favorece con más veras a tu competidor, y no se persuade con la pasión que le ama, a que eres más digno para servirla que él, imprudencia es querer acabarte con memorias; vuelve en ti, que en este florido contorno, patria de tantas y hermosas pastoras, habrá alguna que su gracia y donaire sea la medicina de tu mal.

Aquí se enfureció el que se llamaba Anfriso, y mostrándole airado semblante al compañero, le dijo:

—Cardenio, a quien dan nombre de rústico en estos campos y selvas, yo sé que no me imputarás de imprudente, si el tirano amor se hubiera con su arpón dorado herido tu pecho, como lo está el mío. Amé a una ingrata, escuché a una mudable, quejéme a una roca; y finalmente conquisté un imposible: todo esto conozco de la inconstante Belisarda, ruina de nuestra patria, para escarmiento de los que han experimentado sus desdenes. Ninguno se vio a la cumbre de la dicha, como yo; ninguno a las puertas del contento, como Anfriso, y ninguno con tan verdes esperanzas de llamarse suyo; así su pena ha durado lo que pedía el poco amor con que fueron favorecidos: pero yo, que lo fui tanto, no equivale mi sentimiento a la ofensa de que me quejo, al agravio que lloro, y a la ingratitud que publico. Ruégote, que no me vayas a la mano, si quieres que no acabe más pronto con mi vida quejándome, descanso; llorando, alivio mis penas, y dando voces, pido venganza a los cielos de sus desprecios.

Esto dijo, mostrando tanto sentimiento, que a los dos amigos compadeció grandemente. Luego vieron que sin hablar otra palabra al compañero, le dejó, y se entró en lo más espeso de aquellos naranjos y entre ellos se dejó caer en el suelo. Salieron don Félix y Lisardo del oculto lugar a donde el otro pastor estaba, y saludándole, él les correspondió con mucha cortesía. Rogáronle que tomase asiento junto a la fuente, que tenían que hablar con él acerca de lo que habían visto en su compañero. Vista del pastor la cortesía con que los dos caballeros le hablaban, les obedeció y, sentándose sobre uno de los asientos de aquel cenador, hicieron lo mismo don Félix y Lisardo. El primero que habló fue don Félix, el cual le dijo:

—Cierto, gentil pastor, que estamos mi camarada y yo admirados en sumo grado de haber visto, en vuestro amigo, tan extrañas cosas, así en su traje como de sus razones, y por salir de confusión, os pedimos, que nos digáis, qué ha sido la causa de habitar en esta amenidad bien distinta de las de Arcadia, que él nombra, porque viste en aquel traje ajeno de la que su gentil presencia nos muestra. Y finalmente, ¿por qué razón se queja de aquella desconocida y de poca fe Belisarda?

Hacerles quería relación el comedido pastor, de lo que le preguntaba don Félix, cuando el Anfriso salió del sitio donde estaba, y viniéndose para ellos, sin saludarles ni hacerles cortesía alguna, comenzó a decir en alto tono estos versos:

Donde el caudaloso Íbero
grillos de cristal les pone
a las flores de sus campos,
y a las plantas de sus bosques;
donde el sonoro murmúreo
mueve a que en acordes voces
de la dulce Filomena,
quejas de su agravio enormes;
donde la yedra vivaz,

aumenta verdes prisiones
al olmo, a quien abrazada
da ejemplo con sus amores;
donde el conejuelo libre
no se inquieta con temores,
de que los lazos le ofendan,
ni de que el plomo le enoje,
aquí, pues, yace un albergue,
tan antiguo como noble,
solar que ostenta en sus puertas,
de sus dueños los blasones.
Mansión del mayor prodigio
que hoy los mortales conocen,
y quien las glorias renueva
de tantos progenitores.
De un portento de beldad,
de un tipo de mil primores,
de un erario de riquezas,
de un imán de corazones,
dueño y mayoral de cuanto
muestra el campo, oculta el monte
deste distrito, era Lauso,
a quien por padre conoce.
Y él, en decrépita edad,
libra sus gustos mayores,
solo en verse acompañado
de quien sus años remoce.
El venatorio ejercido
de aquella diosa Triforme,
seguía la hermosa Ninfa,
cielo en verdad, Celia en nombre.
Libre de inquietos cuidados,
que apuran y descomponen,
fatigaba yo las selvas,

mi entretenimiento entonces,
cuando una tarde, que Febo,
entre hermosos arreboles,
huérfano dejaba el día,
de sus claros esplendores.
Junto a una fuente, que ofrece
cristalino feudo, donde
al verde espacio de un valle
da plateadas guarniciones,
vi, sus licores buscando,
a la hermosa Celia, y vióme.
¡Qué cebo para la vista!
¡Qué motivo a mis pasiones!
Ofendido el dios vendado,
de verme altivo, vengóse,
que quien se jacta de libre,
su mismo daño dispone.
Con lo hermoso del objeto,
dispuesta el alma, rindióse,
y el cuerpo suspenso en verle,
quedó por un rato inmóvil.
En ver la afable beldad
de sus dos hermosos soles,
ocasionó en mí osadía,
para que en mi pena informe.
Oh tú, beldad soberana,
que esta soledad escoges,
adonde en culta armonía
salvas de las aves oyes!
Tan hermosa te contemplo,
que mi amor te reconoce
por dueño de mi albedrío,
que gobierna mis acciones.
Y a ser gentil, publicara

por estos campos a voces,
que el superior ser que tienes
le heredaste de los dioses.
Si trofeo de tus plantas,
postrado me reconoces,
del delito, a tu clemencia,
apelarán mis temores.
Dije, y la ninfa gentil,
de mi terneza obligóse,
que siempre con la humildad
se ablandan pechos de bronce.
Desde entonces, fino amante,
el cuidado desvelóme,
y mi constante firmeza
acrecentó obligaciones.
Sus favores merecí,
que en su juego, el dios de amores,
quiso que entrase ganando,
por que hoy mis pérdidas llore.
Mil veces la oí jurar,
dándome satisfacciones;
las estrellas de tu cielo
verás, siendo fijas, mobles,
primero que de mi pecho
el tiempo ligero borre
tu imagen, Gerardo mío,
firme entre todos los hombres.
Con la adquirida opinión,
la confianza atrevióse
a aposentarse en mi pecho
contagio obsceno del Orbe.
Con menos solicitud
seguía mis pretensiones.
¡Qué necio andaba el cuidado!

Y ya el descuido, ¡qué torpe!
Quien con finezas amare,
   siempre en ellas me mejore,
   que el descaer confiado,
   enfría las ocasiones.
Ofendió a la hermosa Celia,
   mi remisión, y valióse
   del remedio de un despique,
   que curó mis remisiones.
Trajo, para mi desdicha,
   de la escuela de Maborte,
   del ejercicio de Palas,
   a sus umbrales un joven.
Este, a sus ojos rendido,
   con finezas, sumisiones,
   asistencias y desvelos
   que obligan, si se conocen,
llegó a merecer de Celia
   los estimados honores
   del título de galán,
   y que mis memorias borre.
Aquí vaguen mis suspiros
   por esos aires veloces;
   rieguen lágrimas el prado,
   con que sus flores agosten,
que en llegando la memoria
   a refrescar sinrazones,
   a acordar ingratitudes,
   no hay pecho que no alboroten.
Mientras con maña, y secreto
   aumentar quiso favores,
   al mismo tiempo, conmigo,
   agasajó con traiciones.
No aprovechó su cuidado,

que el mío, ya con temores,
admitir pudo sospechas,
y ellas forjar presunciones.
Neguéme al monte, y al prado,
por espacio de tres soles,
y entre verdades del alma,
mentir pude ocupaciones.
Con opinión de seguro,
de mis excusas fióse,
y forjar pudo mi engaño
la seguridad de noble.
Aviso tuvo su amante,
para que sus dichas logres,
que al campo sale a ejercer
de Diana los arpones.
Ya de nueva luz vestía
el Alba nuestro horizonte,
limitando, anticipada,
los términos a la noche,
cuando la beldad de Celia,
previno saliendo al bosque,
favores a la campaña,
rigor al rival de Adonis.
A su presencia gentil
le hicieron salva, conformes
con su armonía, las aves;
con su fragancia, las flores.
Suelto el cabello a la espalda,
ni le trenza, ni le coge,
que cuantos rayos esparce
le son a Febo baldones.
Al poder de tanta luz,
que resistencia se pone,
si refrena libertados

lo que parece desorden.
Verde vestido llevaba,
  con doradas guarniciones,
  ni tan largo que se acuse,
  ni tan corto que se note.
No avarienta les celaba
  a las fieras y a los hombres,
  que en breves basas no admiren
  dilatados los primores.
Arco y aljaba pendientes
  lleva del hombro, en quien ponen
  sus aciertos la destreza
  y la envidia sus errores.
Con distinción racional
  hasta los brutos conocen,
  más peligro en su hermosura
  que riesgo en sus pasadores.
¡Oh cuántos primores, cuántos
  mi atención ponderó entonces,
  que agora pierden quilates
  con lo tosco del informe!
Sus pasos le iba siguiendo
  mi opositor, aquel joven,
  que en los rumbos de Cupido,
  siempre la tuvo por norte.
Celosa curiosidad,
  entre unos sauces me esconde;
  de donde puse el cuidado
  de oírle estas razones.
Suspende el curso veloz,
  bello prodigio del Orbe,
  dulce hechizo que las almas,
  haces que humildes te adoren.
Cesen violencias del arco,

pues voluntarios los montes,
te ofrecen, como a Diana,
opulentos hecatombes.
Vuelve el rostro a quien te sigue;
y, si víctimas escoges,
ninguna como mi vida,
verás que al filo se postre.
En tu divina presencia,
por mí la piedad abogue,
interceda mi constancia,
y mis finezas me abonen.
Adquiera opinión de ingrata
quien olvide obligaciones;
tenla tú de agradecida,
pues las deudas reconoces.
Hallar pretendo en las selvas
el fin de mis pretensiones
que los ejemplos del campo,
o persuaden, o disponen.
Mira aquellas tortolillas,
de quien los arrullos oyes,
que hacen de un frondoso aliso
tálamo de sus amores.
Y en las dos aves de Venus,
es bien, ¡oh Celia!, que notes,
como a la unión de rubíes
no permiten divisiones.
Puedan estos ejemplares
mover tu pecho de bronce;
no dilates esperanzas
cuando adquieres posesiones.
Dijo, cuando ella, obligada
de las caricias, rindióse,
con que el joven la interpreta

menos rebelde y más dócil.
Dosel hicieron de un mirto,
   donde se amparan, y donde
   la diosa de aquella planta
   quiere que sus gustos logren.
Dejóme el presente agravio
   ciego de enojo, y dejóme
   hecho un infierno de celos,
   y un Babel de confusiones.
Hecho lince mi cuidado,
   a buscarlos atrevióse,
   y en armonía de lazos
   halló dos almas acordes.
No furioso tigre hircano
   penetra impaciente el monte,
   que por sus robados hijos
   el aire a bramidos rompe,
se vio cual yo; tal estaba
   con la ofensa tan enorme,
   que el fuego que me encendía
   pudiera talar el bosque.
Salí del lugar oculto,
   a estorbar ejecuciones
   intentadas en mi ofensa
   y la razón ayudóme.
El favorecido pecho
   del que ya en lazos conformes
   gozaba de tantas dichas,
   probó de acero rigores.
Satisfízose mi agravio,
   y envuelto en rojos humores,
   vio juventud mal lograda
   quien dio al rigor ocasiones.
Fugitivo de su vista,

tanto me ofende su nombre,
que al tiempo le ruego, que
de mi memoria la borre.

Acabando de decir estos versos con vivos afectos y demostraciones de sentimiento en que se le conoció la rabiosa pasión de los celos que le afligía, no quiso aguardar a que don Félix le hablase, y volviéndose por la parte que había venido, no pareció más por entonces; lo cual visto por su compañero, que él llamaba rústico, pidiendo a los dos amigos que se volviesen a sentar donde estaban, les dijo:

—Cumpliera mal con vuestra cortesía si no os obedeciera en lo que me habéis mandado que os diga, puesto que, con hacerlo, renuevo el sentimiento, con esta desdichada relación.

Aquella ciudad que baña el claro Tormes, insigne academia de todas las ciencias, donde concurren en vigorosa juventud los mayores ingenios, no solo de España, pero Italia, Flandes y otros extranjeros Reinos del Orbe, es patria de don Lope, este caballero que acabáis de ver, cuyo apellido es de los más antiguos y nobles de aquella ciudad.

Nació hijo segundo en su casa y por estar sujeto al socorro de unos medianos alimentos que su hermano mayor heredó della, le daba, siguió contra su inclinación, las letras, por tener en la Corte del Católico Filipo dos hermanos de su padre, que siguiendo la misma profesión que don Lope, ocupaban dos plazas en sus reales consejos, y en estos libraba sus esperanzas, que le habían de ayudar con su favor a tener el puesto que deseaba por medio de sus letras. En todo cuanto duraron sus estudios, fui siempre su compañero que fui deudo de su difunta madre. Es don Lope de agudo ingenio, con las gracias naturales que veis en su persona y con otras, que con particular escuela adquirió, como son jugar las armas, danzar superiormente, andar a caballo en las dos sillas, ser gran músico y excelente Poeta. Cursaba en los sacros Cánones y leyes los cinco años, y después pasó tres en un pequeño lugar de su hermano, al cabo de los cuales se graduó en aquella Universidad, habiendo precedido a estos grandes actos que tuvo en sus célebres escuelas, donde dio muestras de su lucido ingenio, con grande aplauso de todos. En este tiempo murió en Zaragoza un caballero de la familia de los Boleas, hermano de su madre, sin dejar sucesión en su casa; y por capitulaciones que se habían hecho, su mayorazgo le heredaba don Lope, tomando este apellido. Para tomar la posesión de su herencia, hubo de dejar el hábito de estudiante, arrimar sus estudios, y así partió de Salamanca a Zaragoza, dentro de ocho días que supo la muerte de su tío. En esta célebre ciudad asistió un mes, siendo en ella estimado de todos sus caballeros por su generosa y apacible condición.

Tenía una libre y ociosa vida, sin tratar en más que hacer mal a caballos y ser muy aficionado a la caza así de cetrería como de montería. Sucedió, pues, que un día, entre otros, que fue al monte a cierta parte donde el caudaloso Ebro baña aquellos amenos campos, de una casa de placer, que junto a sus márgenes estaba, vio salir una bizarra dama en un bien aderezado palafrén. Seguíanla cuatro hombres, de a caballo y dos de a pie que en el lugar que llevaban, mostraban ser criados suyos. El rostro de la dama llevaba cubierto con un sutil volante, de suerte que no fue posible verla don Lope por entonces. No quiso emparejar con ella para hablarla, sino seguirla por tener en el monte más a propósito lugar para esto, y así se fue detrás un trecho bastante a no perderla de vista.

Su suerte fue tan buena, que llegados al monte y comenzada la caza, por hallarse cansada la nueva Diana, en seguir un ligero venado herido de su mano, se apeó de su palafrén en la verde margen de una cristalina fuente, lisonja de un ameno valle. Allí fue donde don Lope la vio descubierto el rostro, y aseguróme, que de sola la primera vista, teniendo tanta hermosura presente, se rindió al dulce imperio de Cupido, perdiendo desde aquel punto su libertad y después de haber un rato contemplado tan hermoso sujeto, ella, admirada de ver su remisión en hablarla, cubrió el rostro con un transparente velo, como antes le traía, con que le dio ocasión al ya rendido caballero, para decirle estas razones:

—Con feliz estrella, ¡oh hermosa señora!, vine hoy a este monte y apacible valle para conocer en él el mayor prodigio de hermosura, que la varia naturaleza ha formado, y así no es de admirar que quien tan sin pensar la ve en este sitio, quede suspenso, turbado y ciego con tanta luz. Permitid, bizarra dama, que ese velo, no sea avaro de tanta belleza, dejando comunicarse a quien ya su vista tienen rendido tantas perfecciones, y sin propio albedrío.

Atenta miraba la hermosa dama, a don Lope, sin quitarse el rebozo, y como vio que aguardaba respuesta de sus enamoradas razones, le dijo:

—Poco dichoso debéis de ser, pues ponderáis por grande dicha vuestra haberme hallado aquí, cuando juzgo de mis humildes partes, que otros lo tuvieran por azar. Agradezco la lisonja, por ser la primera que os oigo, cuanto me ofenderé de la segunda, así por no ser amiga dellas, como por tener de mí bastante conocimiento de lo que soy.

—Si por ironía acusáis mi cortedad, en no haberos dado las alabanzas que merecéis —dijo don Lope—, culpad a mi corto talento, que no sabe realzar con significativas razones primores tan divinos, que, a saber explicar lo que siento de lo que presente tengo, pocos me igualaran en la exageración.

—Estimo la cortesía —dijo ella— que de vuestra persona no podía esperar menos que tantos favores; pero en cuanto a lo de gobernaros ya por ajeno albedrío, me parece difícil de creer por ser vos fácil en fingir.

—No me ayude el cielo en cuanto le pidiere —replicó don Lope—, si cuanto os he dicho no es verdad, y os aseguro que ya merecen mis deseos que me favorezcáis con descubriros ese hermoso rostro, porque vuelva a ver a quien ha robado mi libertad, y así os suplico de nuevo os sirváis de quitar ese velo que tanto os agravia.

—Por que no me tengáis por grosera, más que por creeros lo que me decís —dijo la dama—, lo hago.

Con esto se descubrió y don Lope volvió a exagerar, con grandes hipérboles su incomparable hermosura, no lisonja en él pues era tan grande; pero bien creída y mejor admitida de todas las mujeres, siendo el primero camino para dar entrada a dejarse servir de los hombres. Las significaciones del amor de don Lope, hallaron algún crédito en la hermosa dama, y así le permitió que, cerca della tomase asiento en aquel verde suelo. Allí lo restante de la tarde ocuparon en varias pláticas, donde se dieron cuenta, el uno al otro, de quién eran.

Supo don Lope ser esta dama hija de don Sancho de Lizana, caballero calificadísimo de Zaragoza, y única heredera de su casa. Este, ya en anciana edad, se había retirado de la Ciudad a aquella casa de placer de donde don Lope vio salir a la hermosa doña Margarita, que éste es su nombre.

Supo don Lope obligarla tanto a la dama, que después de aquel día, se vieron algunos en el campo, con que, creciendo la comunicación, comenzó a favorecerle, mereciéndoselo el enamorado caballero, por que lo estaba en extremo.

Llegóse el tiempo de las carnestolendas, que se celebra en Zaragoza mucho de todos los caballeros mozos, y así en algunas casas se hacen entretenidos saraos. A persuasión de la hermosa doña Margarita, se vino su anciano padre a la Ciudad, donde tenía las principales casas de su Mayorazgo.

Era don Lope el mayor danzarín que se conocía en España, y en el primer sarao, que fue en casa de un anciano caballero llamado don Artal, quiso, puesto que no le habían visto danzar desde que vino a Zaragoza, hallarse con mascarilla, cosa muy usada en tales fiestas. Esto determinó, por que supo que su dama no se hallaba a esta fiesta, por estar indispuesta, y así quiso don Lope que no le viesen en público en ella. Vistióse, pues, un rico vestido de lana de oro y noguerada, con mucha guarnición de alamares y pasamanos de plata, y acompañándole yo con otro no menos lucido y así mismo con mascarillas, fuimos a casa de don Artal. Estaba en ella lo más ilustre de Zaragoza, así en caballeros como en damas, menos la hermosísima Margarita. Comenzóse el sarao, dándole principio dos caballeros mozos que danzaron con dos damas deudas suyas, y desta suerte se fue prosiguiendo, danzando todos. Llegó la ocasión, en qué don Lope entró de máscara a danzar, sacando a doña Bernarda, hija de don Artal, dama de singular hermosura, y muy pretendida para casamiento de muchos caballeros. La gallardía de don Lope en el danzar, hasta entonces nunca vista, causó grande admiración en los presentes, echando varios juicios, sobre quien podría ser. Muchos presumieron, por verle faltar de allí a don Lope, que era él: mas desvaneció esta sospecha un caballero amigo suyo, con decirles, que le dejaba indispuesto, en la cama, y esto era por haberlo usado desta estratagema don Lope, para más disimulación y por no hallarse su dama en la fiesta. Danzó, en fin, con la hermosa doña Bernarda, siendo los dos sumamente aplaudidos de todos. Acabado de danzar volvió la dama a su asiento acompañada de don Lope, y él danzó con otras dos señoras, causando mayor admiración, en todo el sarao cuanto más le vían danzar por las novedades que en el modo con que danzaban vían. Con esto dio lugar, a que otros caballeros le sustituyesen, y él tomó asiento cerca de la hermosa doña Bernarda, a quien dijo ella con agradable rostro, volviéndose a don Lope:

—Gustosísimo podrá estar mi padre, como dueño desta casa, por que el sarao que en ella tiene le haya dado tanta razón, la gallardía, y gentileza con que habéis en él danzado. Bien me asegura, por lo que conozco desta ciudad, ser vos forastero, pues ninguno de los naturales della usan este ejercicio con tanto primor y destreza. De mi parte, caballero, os agradezco el habernos honrado nuestra fiesta, si bien quiero que sepáis que se os ha seguido della el interés del aplauso, bien debido a la gala con que la habéis honrado, como a nosotros el haberlo gozado.

Aquí don Lope, procurando disimular el hablar, le dijo:

—Indigno me hallo con tal humildes partes de tantos favores y alabanzas como me dais, que si algo ha parecido bien, lo que hoy he logrado con favores se debe al esfuerzo que ha hecho el deseo, por servir al señor don Artal y sus convidados.

—Y a mí ¿tócame algo de ese deseo? —dijo la dama.

—Casi todo —replicó don Lope—, pues siendo vos el principal dueño de esta fiesta, supónese que a vos sola se dirigía el desear acertar en ella.

—Andaréislo en la cortesía —dijo la dama—, si por mi ruego os quisiéredes quitar la mascarilla.

—Ya me holgaría —dijo don Lope—, de poderos servir en lo que me mandáis; mas estoy a vista de todos, y por cierto inconveniente no puedo hacerlo.

—¿Ni para conmigo en secreto? —dijo ella.

—En eso, como hubiera ocasión, me hallárades muy pronto a serviros —dijo don Lope—; aunque sé que no me habíades de conocer, por ser muy recién llegado a esta Ciudad.

—Pues si lo sois como decís —replicó ella—, que no creo tal, ¿qué inconvenientes tiene el descubriros?

—El recatarme de alguno que lejos de aquí me ha visto, y comunicado a quien no me he dado a conocer, hasta cierta ocasión porque, no le habiendo visto en su casa, juzgara a descortesía mía el no haberle visitado.

—No quiera Dios —dijo la dama—, que por un antojo leve tengáis un pesado disgusto con quien deseáis cumplir tanto, y así, aunque siento el no conoceros, por agradecer lo que nos habéis favorecido, permito que se haga vuestro gusto, como me deis palabra, que sea yo la primera que sepa quién sois, por merecerlo el deseo que he tenido de conoceros, y por salir de una sospecha que ahora me ha ocurrido.

—No será cierta en presumir quién yo sea —dijo don Lope—, porque de nuevo os aseguro que no me habéis visto, ni aun oído decir mi nombre y así prometo serviros en lo que me mandáis, suplicándoos que, me deis licencia para irme.

—De mala gana os la doy —dijo ella—, sin que otra vez nos alegréis danzando.

Quiso darla gusto don Lope, por ver el afecto con que se lo mandaba, y así salió otra vez a danzar, dando principio a la danza de la hacha, y, dejándola continuando entre las damas y caballeros, se salió de la sala. No estaba doña Bernarda tan poco aficionada al embozado don Lope, que no le hubiese engendrado cuidado de saber curiosamente quién era, y así mandó a un pajecillo suyo, que secretamente le siguiese, y supiese dónde entraba. Juzgó don Lope, por dejar a todos entretenidos en la fiesta, que no trataría nadie de seguirle los pasos, y caminó acompañándole yo a su posada. Siguiónos el pajecillo, diligente espía de doña Bernarda, el cual nos conoció, y fue luego a dar las nuevas a su señora, con que se engendró en su pecho un género de amor desde entonces. El siguiente día, no se hablaba de otra cosa en Zaragoza, sino en el pasado sarao, y cuán bien había danzado en él el embozado, y en algunas conversaciones se movió esta plática, hallándose don Lope, el cual mostró con extraña disimulación, tener sentimiento de no haberse hallado por su indisposición en la fiesta.

Ese día fue doña Bernarda a visitar a la hermosa doña Margarita a su casa, como a recién venida, y quejándosele de que no la hubiese favorecido en ir a su fiesta; y ella, dándole por disculpa su achaque, le preguntó cómo había sido. Doña Bernarda la hizo relación della, alabándola con grandes hipérboles lo gallardamente que había danzado el no conocido caballero; dándole a la hermosa Margarita, sospechas de que fuese don Lope, quiso saber de su amiga, con más fundamento, cómo había entrado en el sarao. Díjoselo doña Bernarda, y así mismo cuanto le había pasado con ella, añadiendo a esto la curiosidad que había tenido en hacerle seguir, con sabido ser don Lope. Sintió doña Margarita que su galán se hubiese hallado allí sin pedirla licencia y, disimulando el sentimiento, pudo fácilmente, con sagacidad y maña saber el pecho de doña Bernarda, y, por sus razones, conoció en ella un principio de inclinación, con que los inquietos celos, la amenazaron a dar batería. Acabóse la visita, y esa noche, avisando la hermosa Margarita a su galán por un paje, que la viese a las once, la obedeció, hablándola a una reja baja, donde con celosa pasión le mostró el sentimiento que tenía, de que se hubiese hallado en el sarao de don Artal. Allí se disculpó con que, siendo el primero que se había hecho después que asistía en Zaragoza, le había dado deseo de verle de embozo y de danzar en él, sin llevarle otra intención más que curiosidad y gana que tuvo de danzar por hallarse allí, y para que lo creyese se lo aseguró con muchos juramentos, con que dejó a la hermosa dama satisfecha; pero para asegurarse más, le mandó que no se hallase en otro alguno, faltando ella en la fiesta, y así se lo prometió don Lope.

Como del pedir celos se presume amor en quien los pide, conociendo tenérsele Margarita con tanto extremo, con estas experiencias dio lugar a la confianza, y ella al descuido, con que no andaba tan fino amante como hasta allí. Ella que no se le pasaba ápice sin notarlo echó de ver la novedad, y de dónde procedía, y de propósito, comenzó a obligarle más cada día con favores, descuidándose don Lope al paso que era favorecido; tanto se dio grosero al descuido que se le pasaban tres o cuatro días sin verla, con que la hermosa dama perdía el juicio y no se daba por entendida, deseando saber el fundamento con que esto ejecutaba.

Tanto duró en esta necia confianza, que ofendida doña Margarita de ver que ya tocase su descuido en desprecio, trató de despicarse con una extraña cautela, y esta fue sin dejar de favorecer a don Lope como hasta allí.

Llegó a Zaragoza un caballero natural de aquella ciudad, que, siendo soldado en Flandes, había sido después cautivo en Argel, viniéndose a

España por Nápoles, y, después de ser rescatado, vino a la Corte de España a sus pretensiones, y quiso primero ver su patria y holgarse en ella algunos días. Este, viendo la hermosura de doña Margarita, se le aficionó de tal suerte, que ni vivía en quietud ni en sosiego, desde el primer día que la vio. Las demostraciones que hizo para verse con ella, fueron muy pocas en público de que no pudo dar nota alguna, ni recelo a don Lope, pero en secreto fueron muchas, echando fuertes intercesores para ser admitido por su galán. Halló la ocasión doña Margarita como la podía desear, y no quiso perderla, por que en la mujer siempre está muy vivo el afecto de la venganza, cuando proviene de ofensa, y estábalo del no ser bien pagada de don Lope, si bien la quería bien. Tanto pudo, finalmente, la maña y diligencia del recién venido soldado, que llegó a ser secretamente favorecido con más apretados favores que don Lope, tratando muy al descubierto entre los dos su casamiento.

Para gozar más de la comunicación, sin nota de tantos ojos, se volvió don Sancho, padre de doña Margarita, a la Quinta; esto a persuasión de la dama. Allí acudía don Lope con la misma frialdad, hasta un día que, yendo a verse con su dama, si bien engañosa en fingir con él, topó con un criado de su padre, que en un rocín de campo iba a la Ciudad. Detúvole en medio del camino, preguntándole a qué iba. Y él dijo que a llevar unas cartas al correo para Castilla, con que se despidió de don Lope partiendo a toda diligencia. Al arrancar el rocín se le salieron dos cartas de la faltriquera cayéndosele en el suelo sin echarlo de ver.

Hizo don Lope a un lacayo que llevaba, que las alzase, y sin llamar al que las había perdido, las abrió y la una vio ser de su ama para don Martín, que así se llamaba el soldado. Allí le daba aviso, cómo le esperaba al día siguiente de caza, junto a la fuente, donde don Lope la había visto la primera vez. Lo que don Lope sintió, esto, no hay ponderación que lo exagere, ni palabras con que encarecerlo; llegó a la Quinta, y visitó a don Sancho y a su hija disimulando con ella su enojo y justo sentimiento. Halló en ella grande afabilidad, sin echarse de ver novedad en su rostro, cosa que le causó mayor indignación. Despidióse con las mismas fingidas caricias que ella le había hecho con intento de ir el otro día a caza de secreto, y ser espía de los dos amantes. Logrósele su deseo, que no debiera, porque habiendo salido a caza doña Margarita y seguídola don Lope secretamente, la vio apear en lo espeso de un bosquecillo, y que allí la esperaba, el favorecido don Martín. Aguardó don Lope a ver en qué paraba aquel concierto, y pudo, entre lo espeso de las ramas, ponerse muy cerca de donde estaban los dos amantes. Allí vio a don Martín en las faldas de su ingrata dama, recibir sus favores, con que la indignación y cólera llegó a su punto, y saliendo de la parte que le ocultaba con la daga en la mano, pudo vengar su enojo en dando de puñaladas al descuidado caballero casi en los brazos de su dama, y a ella, de noche, con un desmayo del susto que había recibido.

Con esto se vino a Zaragoza a todo correr de su caballo, y tomando las joyas, y vestidos que tenía, se salió de la Ciudad, acompañándole yo y un criado. Las cosas que decía y hacía por el camino, no sé como os las diga, que era menester más largo tiempo para su relación. Llegamos a Barcelona, donde hallamos embarcación para Nápoles; pasamos a aquel Reino, y en él estuvimos tres años, sin poder en todo este tiempo borrar de su memoria don Lope a su ingrata dama, la cual, después de ver sano de sus heridas a don Martín, se casó con él. Pasado este tiempo volvimos a España con intento de pasar por Zaragoza a dar ciertos poderes, para cobrar el administrador del mayorazgo las rentas de don Lope. Y él ya venía con algunos delirios causados de la pena que continuamente le afligía. Llegamos a Valencia, que gustó venirse por allí, donde estuvimos seis días, y saliéndonos en uno dellos a divertir a esta alquería llegando a su ameno sitio, se echó a dormir don Lope, brindado de su apacible estancia. Hacíalo pocas veces, y en ésta, como le vimos sosegado, guardámosle el sueño. Despertó dél al cabo de dos horas, con el más extraño género de locura, que habéis oído, por que acordado de lo que había leído en el libro de la Arcadia, que escribió el prodigioso ingenio, padre de las Musas, admiración de España y de las naciones extranjeras, Lope de Vega Carpio de quien sabía las más de sus dulces versos de memoria, dio en decir que estábamos en Arcadia, y que yo era el pastor Cardenio, el rústico; su ingrata dama Margarita, Belisarda; y él, el olvidado pastor Anfriso, y discurriendo por todos sus amigos, los hacía pastores, con los nombres del mismo libro. Rompió los vestidos que traía, y porfió que no había de ponerse otro sino era de pastor. Vista su repugnancia, por darle gusto se le hizo ese vestido que le habéis visto, y yo, por complacerle, me vestí este. Compadecióse de su desgracia un caballero de Valencia, y dióle por albergue esta Alquería suya, viendo que no quería dejar este sitio, que él llama cabaña. Aquí habrá casi un mes que estamos; aquí canta unas veces versos que escribe al desdén, de su ingrata dama, y otras se queja de su falso trato en estas soledades; pero tal vez se enfurece de suerte, que es menester apremio para llevarle a la casa. Hemos tratado de llevarle a Zaragoza, mas es tanto lo que siente, cuando se lo decimos, que tememos, no se dé la muerte, y así pasamos aquí con él hasta que el cielo disponga modo como sane de su locura, dándole sosiego.

Compadecidos dejó a los dos amigos la relación del deudo de don Lope, cuyo nombre era don Lorenzo, y deseosos de verle con salud, se ofrecieron a hacer las diligencias posibles para sacarle de allí y llevarle a su patria. Don Lorenzo se lo agradeció mucho, estimando el favor que le hacían.

En esto volvió el fingido Anfriso y loco don Lope, a salir del lugar donde se había escondido, diciendo a voces:

—Amigo Cardenio, razón será, pues el délfico planeta va a dar su luz a los antípodas, que recojamos nuestro ganado, y le llevemos a su aprisco, que la ingrata Belisarda no ha de venir tan presto a este ameno valle como sabe cuán ofendido estoy de sus ingratitudes.

Don Lorenzo le dijo que le obedecería, como se fuese a la cabaña. Acompañáronle los dos amigos, a quien tuvo, desde allí adelante por pastores, y lleváronle a su habitación a descansar, yéndose ellos después a la suya, que era muy vecina de la de don Lope, concertando de verse el siguiente día.

Grande era el cuidado que don Félix y doña Victoria tenían de corresponderse, mientras duró su convalecencia, acudiendo el enamorado caballero a saber de la salud de su dama, que no era posible verla, por no dar lugar su grande flaqueza a ser vista en un locutorio. El siguiente día se vieron con don Lope, Lisardo y don Félix en su alquería. Halláronle algo más sosegado, con que pudieron hablar con él en varias materias, y en todas discurría con agudo ingenio y gran prontitud, compadeciéndose los dos amigos de que, su mal pago fuese causa de estar aquel caballero en lo mejor de su edad falto de juicio. Al cabo de dos horas que habían estado divirtiéndose todos cuatro de varias pláticas, don Lope, llevado de su imaginación, los dejó y se entró por el jardín adelante diciendo a voces:

—Enemiga Belisarda, inquietud de mis sentidos, causa de mis desvelos, y objeto de mi memoria, para tormento mío; aguarda, espera, atiende a tu enamorado cuanto despreciado Anfriso; no seas otra ingrata Daphne fugitiva de Apolo, por que, más fino que él perderé la vida en medio de la fuga que haces. Vuelve, vuelve, pastora, y reconoce en mí una pura afición, un sincero amor, y una voluntad constante, para ser en los futuros siglos un fiel ejemplo de amantes.

Diciendo esto, se entró por la selva sin aguardar a que nadie le estorbase su gusto. Quisiéronlo hacer don Félix y Lisardo, mas don Lorenzo les detuvo y les rogó que se sentasen cerca de un estanque, en tanto que se le pasaba aquel accidente a don Lope. Hiciéronlo así y hablando todos tres en los daños que se siguen de los fingimientos de las voluntades, y asimismo de los desprecios, entróse a la plática Negrete, con su buen humor, diciendo:

—No se puede negar, señores míos, que la mujer hermosa no sea un objeto apetecible a la vista, y un regalo del alma cuando se quiere bien; mas son tan varias en cualquier empleo, que hasta hoy se le ha acabado de dar enteramente la verdadera definición a su condición, conociendo cuán notables caprichos tienen, y cuán difíciles son de interpretar. Yo conocí una, que un día me favoreció por la mañana para despedirme a la tarde, a la cual hice unos versos, que, si tengo, como otras veces vuestra licencia, os los diré.

Como era sitio a propósito para buscar divertimientos, y a don Félix le caían tan en gracia las cosas de Negrete, le dijo que los refiriese, que él y los demás se los oirían con mucho gusto por ser suyos. Estimó Negrete el favor, y viendo que le prestaban atención dijo así:

Quejas mis agravios den,
Laura de vuestro rigor,
pues con capa de favor
me rebozáis el desdén.
Cualquier impulso se enfrena

que alcanza de amor victoria,
pues halla que es vuestra gloria
la víspera de la pena.
Vuestra condición retrata
al cocodrilo engañoso,
que atrae con lo piadoso,
y con lo atrevido mata.
Simboliza esa beldad
con el invernizo Sol,
que a su lucido arrebol
se sigue la tempestad.
Con la que al que sangre imita,
hace vuestro trato gala,
que la mano que regala,
es quien el vigor me quita.
Sois, burlando mi deseo,
lienzo que copia hermosura,
que por la frente es pintura
y por la espalda de angeo.
Sois, mintiendo en los favores
arpía al que no repara,
con lisonjas de la cara,
de las uñas los rigores.
Sois pantano simulado,
cubierto de yerba verde,
que a quien el camino pierde
deja en peligro empeñado.
Sois, siendo tan desigual,
con favor y con desdén
suegra, que comienza bien
y después procede mal.
Y sin lisonjas decís,
otra verdad os confieso,
que sois Judas con el beso

en el vender y fingir.

Celebraron los tres caballeros a Negrete, el donaire de las redondillas, aplaudiéndoselas mucho, con que él se puso muy vano. En esto llegó a donde estaban un criado de Garcerán con un papel de la hermosa Victoria para don Félix, que habiéndoles buscado en la Alquería y sabido en ella que estaban allí, vino en su seguimiento. Leyóle don Félix, y quedóse con él, después de haberle leído, muy imaginativo por un rato, sin hablar palabra. Lisardo, que advirtió en la novedad, le rogó que le dijese causa de aquella suspensión; y don Félix para satisfacerle, le dio entonces a leer el papel; hízolo Lisardo, en tanto que don Lorenzo se entretenía con su criado Negrete, haciéndole decir versos jocosos, de que gustaba mucho. Lo que contenía el papel era esto:

Querido don Félix: mi corta suerte me va dilatando mi esperanza, y acortando la vida, pues todo el tiempo que paso sin vuestra compañía me parece que no le vivo sino que le peno. De Barcelona he sabido que mi tío está enfermo de una grave enfermedad muy de peligro; será fuerza aguardar a lo que el cielo dispone dél; y así os suplico tengáis la paciencia que os merece mi firme amor. También he sabido que mi hermano ha partido de Madrid; será para venirse aquí, y así os ruego que, cuando vengáis a la ciudad, sea con mucho recato, y si es posible, no lleguéis a saber de mí en este monasterio que quiero tanto vuestra vida que todo lo que puede ser de vuestro disgusto, lo procuro evitar a costa de mi sentimiento. El cielo os guarde. Vuestra esposa.

Acabando de leer el papel, Lisardo preguntóle a don Félix, qué era lo que determinaba hacer con los dos avisos que doña Victoria le daba, cuyo mandato debía obedecer.

—Lo que me parece —dijo don Félix—, es cumplir con lo que me manda, y para saber mejor el suceso de la enfermedad de su tío, determino, con vuestro parecer, que nos vamos a Barcelona, y si durare la convalecencia, podemos ir en romería al célebre Santuario de la Madre de Dios de Monserrate, tan frecuentado de peregrinos de todas las Provincias y Reinos de Europa. Concedió con él Lisardo, y así, comunicando esto con don Lorenzo, a quien se habían aficionado y dado por amigo los dos, les dijo, que determinaba acompañarlos, y llevarse consigo a don Lope, fiado en aquella soberana Emperatriz de los cielos, a quien desde luego le encomendaba, le había de restituir el perdido juicio, y dar entera salud y sosiego.

Con esto se determinaron hacer la jornada para otro día por la tarde, por despedirse don Félix y Lisardo de su amigo Garcerán. Llamó a voces don Lorenzo a don Lope, y vino a donde estaban; retiráronse los unos y los otros en sus albergues, y don Lorenzo en el suyo, quiso convencerle a don Lope para que fuese a Barcelona con una estratagema, que fue siguiéndole su tema, decirle que sabía de cierto que cerca desta ciudad habitaba en un áspero monte el mago Solanio, hijo de la Sabia Polinesta de Arcadia, grande Mágico, al cual querían consultar para que remediase su inquieta pasión. Alegróse don Lope con esto sumamente, dando crédito a don Lorenzo, y así se dispuso la jornada en compañía de don Félix y Lisardo, los cuales aquel día se fueron a despedir de Garcerán, que no sintió poco su partida, por que les estaba muy aficionado. No pudo el enamorado don Félix verse con su dama, por no estar para salir a la red, y así la dejó un papel escrito en que daba cuenta de su partida, suplicándola no le olvidase, y que le escribiese a Barcelona. Con esto partieron los cuatro caballeros camino de aquella antigua y rica ciudad, cabeza del principado de Cataluña, donde los dejaremos ir por dar cuenta de lo que en el interín le sucedió en Argel al enamorado Leandro.

Libro VI

Partió el enamorado don Leandro, en compañía del Redentor del Orden de la Merced a Argel, a hacer el rescate de su querida doña Laura, cuya ausencia le tenía lastimadísimo, sintiendo sumamente haberla perdido, por la traición del cauteloso don Hugo, contra quien iba tan indignado que ya fulminaba crueles venganzas.

Hízoles viento favorable, de suerte que, en breve tiempo se hallaron a la vista de la ciudad, calabozos de Católicos, y prueba de sus paciencias.

Hicieron la salva acostumbrada, y sacando la bandera de paz, fue conocido por los Moros ser el Redentor, que ya esperaban.

Surgió la galera en el puerto, y manifestando su salvo conducto, le llevaron licencia para que desembarcase, en compañía de don Leandro que iba como criado suyo en humilde traje, si bien para el rescate de su dama llevaba escondidas ricas joyas y mucho dinero en oro.

Aposentáronles en casa de un Judío, donde fue visitado el Redentor de todos los principales Moros de la Ciudad, digo de los que tenían esclavos de rescate, que como es ésta la mayor granjería que tienen, procuran darse a conocer todos al Redentor para que se les hagan bien sus rescates.

Hizo luego las diligencias ordinarias el religioso, de saber el número de cautivos que había que poder rescatar, y entre ellas, no se descuidó don Leandro de hacer la que importaba y para que se había embarcado, y supo estar su dama cautiva en poder de un moro principal y rico de aquella Ciudad, que la había comprado cuando fue cautiva, aficionado della y éste la había persuadido sumamente, a que dejase su ley por la de su falso Mahoma, ofreciéndola que sería su esposa, y preferida a otras mujeres que tenía.

Mas la hermosa doña Laura, firme en la Fe, despreciaba las ofertas de su dueño, con que el Moro vivía desesperado, y viendo que no aprovechaban ruegos con ella, usó del rigor, tratándola ásperamente con encerrala sin que saliese de un aposento, donde pasó algunos días tan firme en no apostatar de su religión como el primero.

Esto le contó a don Leandro un cautivo, natural de Valencia, que a caso, haciendo la diligencia de saber de su dama, encontró y éste fue cautivo dos días después de la hermosa doña Laura.

Preguntóle don Leandro, si perseveraba el Moro en perseguirla como antes, y díjole que no, por haber comprado otra Cristiana, natural de Sevilla, por quien se olvidó el amor primero, y que con ésta hacía las mismas instancias que con doña Laura para que renegase.

Deseó don Leandro saber la posada del Moro y enseñósela el cautivo. Reconocióla toda el disfrazado caballero, y entró en el baño de los cautivos donde halló más de ochenta, y así como le vieron, sabiendo ser criado del Redentor, por decírselo el cautivo que le acompañaba, le saludaron con tierno afecto alborozados con su presencia.

Caían unas celosías de las casas de Ali Muley sobre el mismo baño; al regocijo que mostraron con la presencia de don Leandro, se pusieron a ella dos personas, cuyos bultos solamente se divisaban no más; por lo demasiado cerradas que eran las celosías.

Reparó en esto don Leandro, y el cautivo que venía con él, viendo esto, le dijo que aquel era el cuarto donde estaba la cautiva por quien le había preguntado. Puso don Leandro más atenta la vista, con que pudieron verle mejor de adentro, y así al punto sacaron un lienzo por las celosías y comenzaron a menearle a una y otra parte. Reparó el cautivo en ello, y dijo a don Leandro:

—Novedad se me hace lo que he visto, y así tengo por cierto que, alguna cautiva de las de Ali Muley os conoce, y quizá es ésa por quien preguntáis.

Alegróse el enamorado caballero sumamente, y preguntóle al cautivo si las cautivas de rescate se podían hablar.

—Pocas veces acontece eso —dijo él—, mas tal vez, cuando es forzoso el tratar sus rescates, permite el dueño que se vean con el Redentor, o con sus agentes.

—Pues si eso es así —dijo don Leandro—, yo le voy a dar cuenta de que está aquí a quien buscamos.

Irse quería don Leandro, cuando de la ventana vio que, con más afecto meneando el lienzo, le hicieron uno seña que se aguardase y entendida por don Leandro, se procuró entretenerse con los cautivos del baño, preguntándoles a cada uno en particular por su patria, y que tanto tiempo había que estaban cautivos.

En esto ocupó el espacio de media hora cuando, volviendo a poner la vista en la celosía, vio que por entre ellas le arrojaban un papel doblado; alzóle del suelo el cautivo y, dándoselo a don Leandro, le rogó, que se saliese a leerlo fuera del baño, por la nota que podía dar que hasta allí no habían reparado en nada los cautivos.

Hízolo así, y despidiéndose de todos, les dio buenas esperanzas que presto serían rescatados.

Estando, pues, fuera del baño, abrió el papel que venía cerrado, y en él vio ser la letra de doña Laura, con que recibió suma alegría. Lo que contenía el papel era esto:

No pudiera creer de mi corta dicha, querido dueño mío, que vuestras finezas llegaran a tanto, que os vieran mis ojos en esta tierra; mucho debo a vuestra fe, en tiempo que tan poca se guarda; vos seáis mil veces bien venido que, por lo que en el baño he oído, sé que acompañáis al Redentor que se esperaba. Vos lo venís a ser mío y yo a ser vuestra esclava en más gustosa esclavitud que la que tengo. Será más fácil mi rescate en tiempo que mi dueño está más olvidado de mí que hasta aquí. Con nuevo empleo, tratad de mi rescate y advertid que, en mi compañía asiste una dama que dice haberos visto muchas veces en la Corte de España; desea hablaros y que se trate también de su libertad y yo de volver a mi dulce cautiverio con vos que habéis de ser mi esposo.

No se puede ponderar con razones cuánto se holgó don Leandro con el papel de su dama, dando gracias al cielo por haber tenido tal dicha el cuarto día que estaba en Argel, y así abrazaba muchas veces al cautivo pues por su causa le había venido tal ventura. Dióle algunos escudos secretamente y fuese con él donde estaba el Redentor a quien dio cuenta de lo que le había sucedido y mostrándole el papel, alegróse mucho el santo religioso y de contento bañaba en lágrimas la blanca barba. Determinó al siguiente día tratar del rescate de aquellas dos damas, porque también Ali Muley lo deseaba por el interés que se le seguía, y antes desto había hablado sobre ello, y así otro día fueron los dos a su casa acompañados de Isaac el judío, en cuya casa posaba. Recibióles el Moro con mucho contento y, mientras el Redentor y el Judío trataban del concierto así de los destas damas como de otros cautivos, tuvo lugar salirse a un curioso jardín que confinaba con aquel cuarto. Salió pues a él, y a penas fue visto desde una ventana baja que enlazaba unos olorosos jazmines, cuando se puso en ella doña Laura con cuya hermosa vista, cogiendo de repente a don Leandro, fue mucho no perder el sentido de contento, que tal vez suele matar como una pena. Lo que los dos amantes pasaron dándose cuenta de su vida el tiempo que duró la ausencia, sería alargar mucho este discurso. En gustosa conversación estaban, cuando llegó a este tiempo la dama compañera de doña Laura a hablar a don Leandro, y en ella vio una singular hermosura que hacía grandes ventajas a la de su dama si bien no la tenla en su perfección, con los grandes trabajos que había pasado. Lo primero que le preguntó a don Leandro, después de su salud, fue si había estado algún tiempo en la Corte de España, y habiéndola dicho que en ella asistiera algunos días, le volvió a preguntar si conocía a un caballero mozo y muy galán, cuyo nombre era Lisardo. Acordóse luego don Leandro de la historia de sus amores que este caballero, como íntimo amigo suyo, le había contado, y presumiendo que quizá sería esta dama la hermosa Gerarda de quien él se quejaba tan justamente, le respondió que conocía bien a aquel caballero, ocultándole que fuese tan amigo suyo. Volvióle a preguntarle si sabía que estuviese en Madrid; a esto respondió que no asistía allí porque él le dejaba en Valencia cuando él se embarcó y que él iba a Milán a la Guerra que el duque de Saboya tenía en el Genovesado.

—Bien diferentes me la dan sus memorias —dijo ella—, pues por su causa estoy en este triste cautiverio.

Aquí acabó de certificarse don Leandro de que fuese Gerarda y, deseoso de saber como había venido allí, se lo preguntó. Darle cuenta quería de su vida la hermosa dama pero no hubo lugar por entonces, por estorbarlo el haber acabado Ali Muley y el Redentor sus conciertos, alargándose el Religioso en el rescate de doña Laura por habérselo encargado así don Leandro, y así quedó el Moro muy gustoso, de su liberalidad y muy amigo con él, con lo cual le entregó luego las dos cautivas que llevaron a su posada con mucho gusto de los dos amantes, por verse libres de persecuciones y trabajos. Agradeció la dama que acompañaba a doña Laura su rescate, a ella, pues por venir en busca suya don Leandro había participado desta dicha. Esa tarde que fueron libertadas de su cautiverio, quiso don Leandro que la amiga de doña Laura le hiciese relación de sus sucesos, y mientras el Redentor andaba en sus conciertos con los moros, retirados don Leandro y las dos damas a un aposento de su posada, quiso la dama darle gusto en lo que le pedía y comenzó su discurso así:

—En la insigne villa que merece por su capacidad ser Corte del Cuarto Filipo como lo fue de su Padre y abuelos, vi a Lisardo, caballero ilustre, que la tenía por patria. Pluguiera a los cielos que la primera vez que él me vio, que fue librándome de un peligro, antes me dejara en él acabar la vida que no dilatármela para tantas desdichas. Fue, como digo, en la primera ocasión que nos vimos obligada con un socorro que me hizo: tras el agradecimiento entró la comunicación y con ella el amor tan puro y tan perfecto que nunca entendí tuviera fin conservándole aun con más raíces que era con los lazos del matrimonio que esperábamos; pero como la constancia en los hombres sea tan poco durable que, de muchos a penas se halla uno que la tenga, fui comprendida entre las que su olvido enterró, poniendo su cuidado en quien, si no con más méritos de fe, con mayores dichas se le pudo merecer: prevínome desto un retrato que hallé en su escritorio y algunos papeles amorosos, esto en los principios de nuestros amores que, como testigos contra sí, me sirvieron de advertimientos para no empeñarse más Advertido desto con mi retiro pudo satisfacerme, por orden de una prima suya y amiga mía con razones tan fuertes, que me dispuse a creerle como le amaba ya con tantas veras. Prosiguió en servirme tan solícito que, a otra más astuta que yo engañaran sus finezas. Finalmente, unas fiestas en Madrid me trajeron el desengaño y el escarmiento a un tiempo, pues en ellas vi al dueño del retrato a quien festejaba en un balcón, y él conoció de allí adelante de mí, con el sentimiento de haber sido engañada, que había perdido mi gracia, y así procuró con grandes veras volver a ella con grandes esfuerzos y persuasiones de su tercera prima, pero fue en balde, hallándome siempre sorda a sus súplicas, y severa a sus ruegos.

Una noche, que paseaba mi calle como otras muchas veces, después que halló en mí desprecio, se determinó a entrar en mi casa en tan mala ocasión que acababa de llegar de Flandes un hermano mío, que era Capitán en aquestos Estados. Con la llaneza de hermanos y el cansancio de su largo viaje, permití que se echase en el estrado, reclinada su cabeza en mis faldas; desta suerte le halló el deslumbrado Lisardo, el cual, con la rabia de los celos, ciego de enojo cerró con él, sin darle lugar a levantarse, y le dio tres puñaladas con lo que le dejó bañado en su roja sangre y mis faldas cubiertas della, saliéndose con esto de casa, diciendo: Así, Gerarda, que este es mi nombre, se vengan ingratitudes de un amor tan constante como el mío. Ya podréis considerar qué pena era ésta para no perder el sentido. Yo cumplí con ella en desmayarme sobre mi herido hermano. Llamaron cirujanos, viéronle las heridas y tomáronle la sangre. Volvió en su acuerdo, pidiendo confesión; confesóse y diéronle todos los sacramentos, porque los médicos y cirujanos fiaron poco de su vida; pero Dios fue servido que, con la juventud, se restaurase, y dentro de treinta días pudiese levantarse. No tuve atrevimiento, desde que le hirieron hasta que se levantó, para entrar en su aposento, no obstante que él preguntaba muchas veces por mí, mas decíanle que estaba muy mala, con que me disculpaban.

El primero día que se levantó fue a mi aposento y hallándome en la cama de propósito, se sentó en ella; sabe el cielo con el temor que yo estaba entonces, mas él que me le conoció, me aseguró diciéndome estas razones:

Entre mil dudas y confusiones ha variado el pensamiento, señora y hermana mía. Después que recién llegado a tu casa, me dieron alevosamente las heridas de que estoy convaleciendo y, he llegado a tal estado, que no ha dado lugar el desacuerdo para preguntarte qué enemigos dejó nuestro padre, de quien se puede esperar tal alevosía, vengando en mí, por hijo suyo, ofensas antiguas. Considero, asimismo, que no proviene esto deste origen, por haber muerto mi padre tan cristianamente que no dejara a los últimos términos de su vida rencores vivos, sino reconciliarse con sus enemigos y así a lo que más me persuado es a presumir, guardando siempre el decoro que como a hermana que tanto estimo, debo tener, que alguno que te pretende con honesto, fin, deslumbradamente entró a verte y me vio en el lugar que solo a esposo o a hermano es permitido, e ignorante de que yo lo fuese tuyo, ejecutó en mí su rigor, que no lo hiciera a no cogerme sin prevención de su traidor o celoso impulso, y el retiro tuyo en no haberme asistido a mi enfermedad hace más cierta mi sospecha. Solos estamos los dos y asegurada de que, si esto es verdad y ha sido hecho por persona que en calidad te iguale, te prometo de hacer todos mis esfuerzos, para que se desengañe, satisfaga y te dé la mano de esposo. Dime la verdad de todo y está cierta que, en la ejecución de lo prometido, ponga todas mis fuerzas.

Aquí hizo una pausa a su razonamiento poniendo la vista atentamente en mí que, ocupada de un vergonzoso empacho, no alzaba los ojos del suelo. Persuadióme segunda vez que le respondiese y yo, con tanta turbación que apenas acertaba a formar las palabras, le di cuenta de todo lo que me había pasado con Lisardo hasta aquel punto, haciéndole, junto con esto, relación de su persona y calidad y cuán deseoso estaba de que fuera su esposa y que desde la desgracia suya entendía que estaba ausente de Madrid por haber presumido con certeza que le dejaba muerto. Esto le dije con tiernas lágrimas y con tantos sollozos, que a penas pronunciaba las razones. Compadecido de mí consolóme con prometerme hacer todo lo posible porque volviese Lisardo a su patria y se casase conmigo. Llegó, pues mi hermano a restituirse en su salud y pudo salir de casa, con lo cual comenzó de secreto a hacer diligencias para saber dónde estaría Lisardo, y en más de veinte días no fue posible saber nada, hasta que un día, que llegó un soldado a casa de una parienta suya y amiga mía, la dijo, preguntándole por él, que había sabido que se embarcó en Barcelona con intento de pasar a Italia, que así se lo había dicho un caballero catalán que le conocía, y que le vio, con intento de no volver presto a su patria. Esto se dilató por Madrid, con la cual nueva yo me afligí tanto que ni dormía ni sosegaba, de modo que mi hermano lo echó de ver y dándole cuidado mi pena me dijo un día estas razones:

—Puesto que Lisardo, persuadido a que me dejaba muerto, se partió de Madrid y se embarcó a Italia, como se ha sabido, con presupuesto de no volver aquí, tendría por acertado que yo le fuese a buscar, llevándote en mi compañía, que Nápoles, como tú sabes, es mi patria y en ella tengo a mi madre, que en ella goza cantidad de hacienda de que soy heredero. Esta es mi determinación; mira tú de lo que gustas que a ti te está más bien el hacer este viaje, pues si, es cierto que, si en Nápoles me veo donde tengo tan calificados deudos, haré cuanto pudiere porque Lisardo sea tu esposo; mira qué es lo que gustas en este particular. Aquí le respondí, que mi gusto era el suyo y que le había de obedecer en cuanto quisiese disponer de mí, con lo cual nos partimos dentro de ocho días embarcándonos en Vinaroz, por estar allí dos galeras de Florencia. Tres días había que navegábamos, cuando una mañana corrimos un poco de tormenta, de modo que nos hallamos sin pensar en medio de seis galeras de Argel, de quien era cabo Muley Jeque, cosario conocido de todas las costas de España. Fuimos acometidos de las seis galeras y, como conociesen los nuestros la ventaja que los contrarios nos tenían, y que no podíamos salir de la ocasión menos que muertos a durar en la defensa, nos rendimos, con que fuimos cautivos y traídos aquí. A mí me compró Ali Morato, que así se llama ese moro en cuyo poder estaba: hallé cautiva a la hermosa Laura, con cuya compañía se ha templado mi pena y llevado mejor mi cautiverio. A mi hermano compró otro moro principal, el cual le ocupaba en hacerle trabajar en una casa que fabricaba. Sucedió pues que, como los bríos de soldado no los perdiese en medio de sus trabajos, un día se descompuso con el Moro sobrestante de la fábrica en que asistía, y dióle con una caña no sé cuántos palos; mas mi hermano, ofendido de aquel oprobio, tomando una pesada piedra, le dio con ella de modo que le dejó sin sentido alguno: entendió que estaba muerto, por lo cual fue preso y puesto en una oscura mazmorra donde se le daba con mucha limitación la comida. Vióse desesperado en aquel lóbrego lugar, y queriendo tratar de salir dél, con una gruesa barra de hierro que se dejaron olvidada en la prisión, trató de romper la pared. Fue sentido de un renegado, que servía a este Moro, y dándole cuenta de lo que pasaba después de haberle dado muchos palos por castigo de su pretensión, fue echado por forzado en una galera de las con que andaba en corso este Moro por aquellas costas. Un mes ha que no sé dél; solo he sabido que se partieron hacia Valencia y con él iba don Hugo, un caballero que fue cautivo con vuestra dama y un amigo suyo que fueron los que intentaron robarla en Denia. Este es el discurso de lo que ha pasado por mí.

Acabó aquí la hermosa Gerarda su relación de la cual había don Leandro oído mucha parte al enamorado Lisardo, si bien lo último, por qué se ausentó él de Madrid, con alguna diferencia que no se la había dicho la dama, pues fue su partida por el desconocimiento de no saber que fuese su hermano el galán que estaba echado en sus faldas. No quiso don

Leandro dilatarle el gusto a la hermosa Gerarda de las nuevas que le podía dar de su amante, y así la dijo cuán amigo suyo era y cómo le dejaba en Valencia en compañía de otro amigo, y que esperaba en el Cielo les había de volver con bien a aquella ciudad donde le verían. Sumamente se holgó la hermosa dama con lo que don Leandro la aseguraba y no vía la hora que embarcarse para verse con su querido Lisardo.

Acabó de hacer su rescate el padre Redentor, y con mucha cantidad de cautivos salió de Argel embarcándose con favorable viento, yendo don Leandro el hombre más gustoso del mundo; y asimismo su querida doña Laura, viéndose en compañía del que era dueño de su alma. Mas la fortuna, que nunca da durables las dichas como inconstante y voltaria, trocó en aflicciones los gustos de los que venían gozosos a España y con su deseada libertad. Turbóse el cielo con densas nubes Y con encontrados vientos comenzó la galera a discurrir por el salado campo de Neptuno: el agua era copiosa como recio el viento. Los marineros se hallaban atajados, la chusma turbada, el cómitre confuso sin saber usar del pito para las faenas, el vaso, combatido de las furiosas olas, ya se vía vecino de las nubes, y ya sumergido entre las aguas, besando su quilla la arena. Allí se vían muchos temerosos de la cercana muerte que esperaban, y confesando a voces sus culpas, hacían votos y ruegos a los santos, con quien más devoción tenían. Duró la tormenta más de seis horas largas y, al cabo deste tiempo, amansándose el aire, volviendo el mar a aquietarse, se hallaron a la vista de aquella áspera montaña de Monserrat, sitio venerado de tantas naciones por ser erario santo de la más preciosa joya de los cielos, en quien puso tantos primores su divino artífice. Informado el Redentor y los cautivos de los marineros, en qué parte estaban, todos comprometieron ir a visitar el divino santuario de la Madre del Verbo divino, y así, el que gobernaba el timón, guió al famoso puerto de Barcelona la galera: llegaron cerca dél en breve tiempo, mas antes media milla, vieron venir con el mismo rumbo que habían seguido otra galera bogando la chusma de ella a toda prisa. En las flámulas y estandarte conocieron el Redentor, don Leandro y los cautivos ser de Moros y algunos hubo que afirmaron ser de un cosario de Argel.

Temió el Redentor, entendiendo que venía en su seguimiento con alguna novedad; mas, por lo que podía suceder, tomaron armas cuantos había en la galera. Mientras todos se prevenían, no dejaban por esto de bogar. Llegó con esto la conocida galera a emparejar con la del Redentor, a quien abatió su estandarte disparando dos piezas con que se hizo la salva; disparó otras tantas la de los cautivos, correspondiendo a su cortesía. En esto se manifestó en medio de la crujía don Rodrigo, el hermano de la hermosa Gerarda, a quien conoció ella y algunos cautivos luego, saludándoles con muestras de mucha alegría, con que llegaron a desembarcar al puerto donde fue grande el contento que don Rodrigo mostró con ver allí a su hermana.

Ella le ciñó el cuello con estrechos lazos manifestándole con lágrimas la alegría de verle allí sin pensarlo. Llegaron los demás cautivos en cuya compañía lo había estado don Rodrigo, y a todos abrazó con mucho agrado. Gerarda le advirtió que hablase al Redentor y a don Leandro, un caballero principal que la venía acompañando, a quien, después de Dios, debía su rescate. Llegó don Rodrigo a hacerlo, ofreciéndoseles a su servicio y confesándose reconocido del favor y socorro que había recibido dellos su hermana.

Preguntóle Gerarda cómo se había escapado del poder de su dueño y él la dijo que, habiéndose conjurado con los demás cautivos que venían al remo, pudieron desherrarse una noche algunos dellos y, con armas que traían ocultas, matar a los Moros más principales de la galera, con que en breve se hicieron señores de ella, con muerte de algunos entre los cuales fueron don Hugo y sus dos primos, y que a él le habían dado el gobierno de todos.

Aquí le dio cuenta a don Rodrigo su hermana como, por una tormenta que tuvieron muy grande, habían hecho voto de visitar en el insigne y devoto Santuario de Monserrat a su gloriosa Patrona, y que así iban todos allá a cumplirle. Ofrecióse don Rodrigo con toda su gente a acompañarles, y así, sacando la ropa a tierra, salieron de las galeras la más gente dejando alguna con los forzados que eran Moros de los que había don Rodrigo echado al remo.

Aquí les dejaremos por decir lo que les sucedió a don Félix, Lisardo, don Lorenzo y don Lope camino de Barcelona.

Libro VII

Caminaban los cuatro caballeros y sus criados camino de la insigne Barcelona, yendo muy contentos de ver a don Lope algo más asentado el juicio que hasta allí; entreteníales Negrete con sus donosos chistes ya en prosa o ya en verso, de que gustaban mucho don Félix y don Lorenzo. Pasaron por un fresco y ameno valle cuando ya el Sol caminaba a iluminar con sus hermosos rayos el Occidente y pareciéndoles que la amenidad de los frondosos árboles, la fragancia de las flores y la frescura de los arroyuelos, procedidos de una clara fuente convidaban a gozar de aquel deleitoso sitio, no quisieron serles desagradecidos, y así determinaron merendar allí, de una fiambrera que traían. Apeáronse, y sentados e a la margen de la fuente, comieron con mucho guste lo que traían para este efecto, haciéndolo al mismo tiempo los criados por no detenerse después a aguardarlos. Alababa don Félix con grandes encarecimientos, diciendo no haber hallado cosa más amena en cuanto había visto.

Aquí salió Negrete por un lado y, atajándole sus hipérboles, le dijo:

—Señor don Félix, ¿cuánto habrá que salisteis de Madrid para Flandes y cuánto ha que no veis a vuestra patria?

Respondióle don Félix que habría doce años que saliera de la Corte y que esos mismos había que no volviera a ella.

—Pues según eso —replicó Negrete— no me maravillo que alabéis este prado por deleitoso, no habiendo visto en todo este tiempo lo que es el de San Jerónimo de Madrid, las fiestas del verano, por las tardes, con cuya vista no hay cosa amena ni deleitosa que se le compare, por la cantidad de los coches y caballos que le frecuentan; las damas y Caballeros que van en ellos que le gozan, le hacen la cosa más agradable que se puede haber visto.

—No ignoro lo que dices, así por haberlo visto antes que de Madrid partiese, como por las nuevas que en Flandes tenía de aquella amena estancia, no tanto por su frescura, cuanto por los muchos entretenimientos que en él se gozan.

—Es mucha su variedad —replicó Negrete— y porque veáis que no es igual relación con la vista, oíd un rasguño de lo que sentí dél. Diéronme por asunto que dijese lo que en él había; probé la pluma y hícele un romance, si bien en lenguaje antiguo.

—No lo perderé yo —dijo don Lorenzo.

—Antes si os parece —dijo Lisardo—, será bien que nos pongamos a caballo, que Negrete, en medio de todos, cantará sus versos como lo acostumbra hacer y todos le escucharemos caminando.

Parecióles a todos bien; tomando sus cabalgaduras prosiguieron su viaje, oyendo a Negrete que, en medio de todos, cantó estos versos que les había prometido.

> Finca en par del Templo Santo
>   de aquel sapiente Doctor
>   el que en Corte llaman Prado,
>   maguer la yerba no vio.
> Acucioso aquí el gentío
>   va en trastornándose el Sol,
>   los días Santos e Domingos
>   como a fiestas de perdón.
> Non manca garzón erguido
>   nin fembra apuesta mancó,
>   quier en lozano cuartago
>   quier en verde carretón.
> Formosa barraganía
>   demostró tal pundonor
>   que, cuidé por su atavío,
>   ser fembras de mucha pro.
> Falagueña convidaban
>   a departir a sabor
>   con todo infanzón de prez
>   con todo sabio infanzón.
> Non se le arriedra nenguno
>   nantes su cebo acució
>   a que arrimen pinchaderas
>   por acercar su trotón.

Non platican reca[ta]das
de sirviente guiador
porque los de su ralea
son cofrades del chitón.
Prado en yuso, prado en suso
anda la departición
conversando en amorío
el par que afición juntó.
Cazuela semeja el prado
y su gentío el arroz
que se vuelve e le revuelve
el solaz su cucharón.
Placenteros deleitaban
uno y otro tañedor
con los dulces añafiles
de en somo de un torreón.
Esforzaban el deporte
quién con agua o con turrón
porque toda fembra usada
es cierto que golosmó.
Con arteras mañerías
toda fembra falagó
a su garzón, para dello
manotada de León.
Non fallo seguro el trato
non, por los cielos de Dios,
de quien desbucha amoríos
cuando engaños solapó.
Todo a fin del daca daca
el brial, la joya, el don;
non es buen amor de ley
nantes es mercado amor.
En calamitosa era
la suerte vos arrojó,

donde las niñas aprenden
mañerías del furón.
Antiguamente en los prados
el ganado se esquilmó
y aquí, sin atusaderas,
non hay seguro bellón.
Solaceros deste sitio,
  fuid, fuid su rigor
  que non es prado en Madrid
  si non Jaca en Aragón.

Mucho rieron con el romance antiguo de Negrete los cuatro caballeros que se le celebraron como los demás que hablan oído suyos, con que les prometió no faltarles con versos suyos en todo el camino.

En seis días se pusieron en Barcelona. Supo luego don Félix que don Ramón, el tío de doña Vitoria, su dama, estaba ya fuera de peligro de su enfermedad; la cual le había apretado tanto que le llegó a los últimos términos de su vida. Esto supo don Félix del mismo don Ramón, y considerando que, en hombre de tanta edad como tenía, sería larga la convalecencia, determinó con parecer de sus amigos, de ir a Monserrate. Iban a aquel devoto santuario un sábado por la tarde, al tiempo que los religiosos, monjes de aquel insigne convento salían a cantar la salve con gran solemnidad a la Emperatriz de los cielos. Cada día que caminaban aquellos caballeros vían en don Lope gran mejoría en su enfermedad, y este día que entraron en el suntuoso y sagrado templo de la Inmaculada Virgen, parece que del todo la mostró con que estaba don Lorenzo el hombre más contento del mundo juntamente con don Félix y Lisardo. Fueron aposentados todos en la hospedería, donde acudieron a servirles con aquella puntual caridad que siempre tienen, así con los pobres peregrinos como con la gente de más lustre.

Dos días ocuparon en ver la fábrica de aquel insigne templo y monasterio, los adornos de plata y otras cosas ricas y curiosas. Al tercero subieron a la montaña a ver las devotas ermitas de ella donde les edificaron grandemente las extrañas penitencias de aquellos santos ermitaños que habitaban aquellos devotos oratorios. Bajaron de la excelsa cumbre a la hora de

Completas, cuando a ese tiempo acababan de llegar a la hospedería una tropa de gente entre la cual iba un Religioso de la Orden de la Merced, que estos eran los que traía el Redentor, acompañándole don Rodrigo y las damas doña Laura y la hermosa Gerarda. Vieron Lisardo y sus tres amigos toda esta gente, y como fuese casi de noche cuando entraron don Leandro y don Rodrigo y las damas, no pudieron conocerlos. Fueron aposentadas en un aposento las damas que confinaba con el de Lisardo y de don Félix de suerte que los dividía un tabique delgado.

Esa noche, después de haber cenado los cuatro caballeros, siendo ya hora de retirarse a dormir temprano por haber de madrugar al día siguiente para volver a Barcelona, se recogieron a su aposento don Félix y Lisardo. Estando ya para desnudarse, oyeron en el vecino que hablaban las dos damas. Movidos, pues, de curiosidad, quisieron oír algo de su plática y estuvieron en quieto silencio escuchándolas. La que primera movió la plática fue doña Laura, que le dijo a la hermosa Gerarda:

—¡Ay amiga, cuán cierta esperanza tengo de que el Cielo ha de disponer bien tus cosas, pues ha permitido verte libre de tantos trabajos, y asimismo a don Rodrigo, cuando no pensabas verle tan presto! El, será servido de permitir que Lisardo parezca, y que, conociendo su yerro, le suelde como esperamos.

Aquí le respondió Gerarda:

—Soy tan poco dichosa, que me persuado a que diligencia alguna baste a hallarle, para que se consiga mi intento, satisfaciéndole primero mi hermano del haberse engañado en lo que hizo, que no nos cueste poco el haber querido pasar a Italia en su busca, donde nos dijeron que iba.

A penas oyó el enamorado Lisardo la voz de Gerarda, cuando perdió el sentido, dejándose caer en la cama. Acudió a él don Félix y, haciéndole volver en su acuerdo, dijo dando un penoso suspiro:

—¿Es sueño éste que pasa por mí o estoy despierto oyendo la voz de la que tantos suspiros, lágrimas y desvelos me cuesta?

No menor efecto hicieron estas razones dichas en alto tono y oídas de Gerarda en su pecho, que, con haber conocido la voz de su querido Lisardo, se quedó asustada. Preguntóle doña Laura la causa de esta novedad, mas ella, sin responderle a su pregunta, dijo en alta voz, que pudo ser oída de los dos amigos:

—Si por ventura es quien asiste en ese aposento Lisardo, un caballero de Madrid, saque de una terrible confusión a quien oye su voz y no cree ser él.

Aquí la respondió Lisardo:

—En la misma confusión se ve quien no imagina que pueda estar en esta tierra la que juzgaba ausente de la suya y en Navarra; pero, pues aquí aun no me veo libre de quien me persiga, cuando trato más de mi devoción que de ver cosas que me dan pena, el remedió más eficaz será el ausentarme de quien vendrá aquí acompañada de su dueño, a burlar muy falsa de quien injustamente ha despreciado.

Y diciendo esto se salió del aposento a pesar de don Félix que se lo impedía, al cual, porque no le estorbase su intento, le dejó cerrado por fuera, y él se fue de allí.

Gerarda y doña Laura, dieron voces oyendo lo que pasaba, a las cuales acudieron don Leandro y don Rodrigo y, hallándolas asustadas y a Gerarda perdido el color de su hermoso rostro, preguntáronle la causa y dijéronle en breves razones, pidiéndoles Gerarda que acudiesen al remedio, porque Lisardo se había ido de su aposento contra la voluntad del que estaba en su compañía. Salieron los dos caballeros en busca suya, y entrando en el cuarto donde estaban los cuatro amigos, les admiró su repentina entrada a don Lope y a don Leandro. El les preguntó qué era lo que buscaban. Entonces don Rodrigo, anticipándose a don Leandro, les dijo, si venía en su compañía un caballero cuyo nombre era Lisardo, natural de Madrid. Don Lorenzo, presumiendo que su venida era para daño de su amigo, les dijo que él y aquel caballero, viniendo a Monserrate, se habían encontrado cerca de aquel santuario, y que creían que se habían aposentado juntos él y otro amigo suyo en aquella hospedería; que en otro aposento de más adentro estaba quien les daría más cierta relación de lo que preguntaban. Entraron donde don Lorenzo les dijo, y, por estar cerrado por fuera, abrieron. Salió don Félix, y el primero con quien encontró fue don Rodrigo. Conociéronse los dos por haber sido amigos en Flandes y soldado debajo de una bandera. Don Félix preguntóle a don Rodrigo qué era la causa de estar en aquella tierra, y que buscaba en su aposento a quien don Rodrigo le dio, en breve relación, cuenta de su venida a Monserrate, y asimismo de su cautiverio, siendo la causa Lisardo, el cual había sido conocido de su hermana que venía con él en su busca.

—De aquí se acaba de ir —dijo don Félix—, mas hállase tan agraviado de la señora Gerarda, de quien ha tenido nuevas que es casada con un caballero navarro que, por entender venía aquí con él, por no ver cosa que le había de dar pena, se salió de su aposento contra mi voluntad.

—Conviene que le busquemos —dijo don Rodrigo—, en compañía de otro camarada que viene conmigo que le conoce bien.

—¿Quién es el que decís que le conoce? —dijo don Félix.

—Un caballero del Reino de Valencia, que se llama don Leandro.

—¡Válgame Dios! —dijo don Félix—. Don Leandro, mi íntimo amigo, ¿está aquí y ha vuelto de Argel?

—Sí —dijo don Rodrigo—, y consiguió su pretensión como fino amante, trayéndose consigo a su dama que estaba cautiva con mi hermana debajo del dominio de un mismo dueño.

—Admirado estoy de oíros esas novedades —dijo don Félix—, mas, pues decís que os importa que busquemos a Lisardo, no se dilate más el hacerlo.

Salieron los dos donde estaba don Leandro hablando con don Lorenzo a quien dio don Félix muchos abrazos, holgándose mucho de verle y lo mismo hizo con su presencia don Leandro. Con esto se fueron en busca de Lisardo todos, mas aunque en esto gastaron parte de la noche, no fue posible hallarle. Volviéronse a sus aposentos con no poca pena de no haberle hallado y diéronle mayor a la hermosa Gerarda, sabiendo esto, temiéndose la dama, por desear tanto ver a su Lisardo que no le veía, y así, toda la noche la pasó con desvelos bañada en lágrimas, sin ser parte los consuelos de su amiga doña Laura para aliviar su pena.

Vino el alba anunciando la venida del rojo Febo, y antes que esparciese sus lucientes rayos, ya don Rodrigo, don Leandro y don Félix estaban vestidos habiendo dormido poco aquella noche con el cuidado de madrugar a buscar a su amigo; volvieron con más diligencia a buscarle dentro y fuera del Monasterio y asimismo en lo alto de la montaña; mas no fue hallado ni quien les diese nuevas dél, hasta que hallaron un hombre que traía puesto su vestido. Preguntáronle que de donde le había habido y él les dijo que un caballero le había topado y, con ruegos, pedido que por su hábito, que era peregrino, tomase el suyo, y que, viendo cuán bien le estaba, se lo había dado. Preguntáronle si sabía hacia qué parte caminaba y él les dijo que por lo más áspero de aquellas montañas le había visto entrar.

Aquí fue el perder la paciencia Gerarda, el afligirse don Rodrigo, suspirar don Félix y enternecerse don Leandro; viendo, pues, la determinación que había tomado Lisardo, sin haber querido esperar a verse con Gerarda para satisfacerse de su deslumbramiento, causa de la ausencia de su patria, y conociendo cuánto le debía a la dama, se resolvieron en hacer mayor diligencia y así se vinieron a Barcelona todos menos don Félix, que dijo no había de reposar hasta hallar a su amigo. Lo mismo prometieron don Rodrigo y don Lorenzo, dejando a las damas en poder de don Leandro y don Lope, que ya estaba con entera salud, y así siguieron cada uno su camino, prometiendo de verse, al cabo de ocho días en Monserrate para ver lo que debían hacer. Dejémoslos ir a Barcelona a dejar las damas y a don Félix buscando desde luego a Lisardo por decir lo que al nuevo peregrino le sucedió después de partido de Monserrate.

Caminaba el engañado Lisardo con el hábito de peregrino, que había trocado por su vestido, por lo más áspero de aquellos montes, dejando a un lado el Monasterio de Monserrate; iba, pues, el lastimado caballero metido entre mil confusas imaginaciones con intención de no volver a los ojos de sus amigos sino acabar la vida en aquellas desiertas soledades, antes de volver a la presencia de Gerarda, de quien iba huyendo. Todo aquel día caminó por aquella montaña sin comer hasta cerca de la noche, y topándose con unos pastores que guardaban allí un grueso rebaño de ovejas y vacas, les rogó que le diesen algo de comer con que tomar un poco de aliento. Ellos, que en su presencia vieron que era merecedor de cualquiera buen agasajo, le rogaron afectuosamente se aguardase un rato a que se hiciese la cena de todos. El cansancio del caminar todo el día a pie le obligó a Lisardo a quedarse con los pastores aquella noche, y así, agradeciéndoles el placer que le hacían, fundado en su caridad. Trataron luego los pastores de aderezar la cena que era de unos tasajos de cecina de cabra, que pusieron a cocer en una caldera al fuego que, por ser grande, en breve espacio se pusieron en disposición de poderse comer. Con esto y con fresca leche cenó Lisardo en compañía de aquella rústica gente, más por sustentar la vida que por gana que dello tuviese. Acabada la cena, preguntó a los pastores si cerca de allí había algún lugar para hacer a él jornada el siguiente día. El más plático de aquellos pastores, le dijo:

—El más cercano lugar, bien dista ocho leguas de este sitio, que es la patria de todos los que aquí estamos. Oblíganos a vivir en estos montes los buenos pastos que hay en ellos, y el abrigo suyo importante para la multiplicación del ganado. Aquí nos viene tal vez a ver y a consolar un penitente Ermitaño, que vive en una pequeña ermita, media legua de aquí; éste habrá seis meses que llegó donde estamos adornado de un bizarro vestido y en un caballo rucio, preguntónos qué lugar había aquí más remoto de la comunicación de la gente, y fuele respondido que éste, pues, si no era cuando algún caminante perdía el camino, jamás pasaba por aquí persona alguna. Holgóse el caballero de oírnos esto, y después de haber estado con nosotros un rato en conversación, se partió de nuestra presencia entrándose por lo espeso de la montaña. Al cabo de veinte días que esto pasó, en uno que estábamos divirtiéndonos en tirar al canto, que es el ejercicio de esta soledades, vimos salir de lo más cerrado de esas carrascas un caballo en pelo, el cual se vino para nosotros, pero, como le quisiésemos coger, él se fue huyendo a todo correr, entrándose por donde había salido. Conocimos el caballo, y presumiendo que su dueño estaría cerca de aqueste sitio, encomendamos la guarda del ganado a un compañero de los cuatro, y los tres nos entramos por esa montaña en seguimiento del caballo, y al cabo della, venimos a topar junto a unas peñas, una cueva cerca de la cual estaba un pradillo, que regaba una vecina fuente. En él vimos estar paciendo el caballo que seguíamos. Emprendimos otra vez el cogerle cercándole, mas con la misma ligereza que antes se escapó de nosotros, y dando relinchos se entró por el monte. En esto, al ruido de nuestras voces, salió de la cueva un hombre, si bien de poca edad con la barba y cabello largo, que casi le cubría el rostro. Estaba vestido de un saco grosero aburielado; traía una calladilla en una mano y en la otra un grueso rosario. Llegó a nosotros y con voz algo desmayada, nos dijo:

—Loado sea Nuestro Señor Jesucristo, hermanos. ¿Qué es lo que querían hacer de aquel caballo, que con tal afecto deseaban cogerle? Sepan que después que habito en estas asperezas sirviendo a Nuestro Señor y haciendo penitencia de mis graves pecados, este animal es quien solo me acompaña en esta soledad, cuya lealtad es tan grande, que muy pocas veces se aparta de mi compañía, sustentándose con la verde yerba deste valle y algunas bellotas que yo le alcanzo de las encinas, que se ha habituado a comer, por tener mejor sustento ya que le falta cebada que un tiempo comió en abundancia.

Disculpámonos con el Ermitaño, por si presumía que queríamos aprovecharnos del caballo, diciéndole que el haberle visto solo, en parte donde tan poca gente pasaba, nos había dado motivo de cogerle hasta que pareciese su dueño; pero, pues ya nos decía que era su fiel compañero, nos holgábamos de haber visto tanta lealtad en un bruto falto de instinto, que nos daba ejemplo para ser agradecidos los que recibimos beneficio. Entonces conocimos ser el Ermitaño el caballero que nos había preguntado por la soledad de aquel lugar. Preguntámosle de qué se sustentaba allí, y él nos dijo que un piadoso Sacerdote, Cura del lugar que os he dicho que es el más cercano de aquí, le enviaba de comer el sábado para la semana y le había ofrecido hacerle una ermita en que asistiese con más comodidad. Esto puso en ejecución con brevedad su santo celo, porque ya le tenía edificada una pequeña estancia donde el santo Ermitaño vive y es visitada de alguna gente devota que le dan sus limosnas asistiéndole siempre el caballo, el cual es también proveído con las limosnas de sustento, con que está de mejor pelo. Está tan doméstico, que a una voz que el Ermitaño le da, como él la oiga, luego viene a su presencia y se para delante dél, mirándole a la cara, como lo pudiere hacer un reconocido criado de los favores de su dueño. Si le manda echar, lo hace, y si le dice que se vaya por el campo, te obedece, entendiéndole como una persona racional. Este lo vimos aquel día y otros muchos que hemos ido a su ermita, donde, algunos días de fiesta el Sacerdote que la fundó viene de su lugar a decirle misa.

Mucho se holgó Lisardo de oírle al pastor la relación que le hizo del Ermitaño; por ella le dio deseo de verse con él a la mañana. Llevárenle a la cabaña donde de pieles muertas le hicieron los pastores una cama en que reposase, aquella noche.

Venido el día, despidiéndose Lisardo de aquella sencilla y pobre gente tomando razón del camino que guiaba a la ermita, en espacio de una hora se vio en ella. Estaba edificada en un alto, cerca de la cueva que fue antiguo albergue del Ermitaño, y asimismo cerca del pradillo y fuente donde los pastores le vieron la primera vez. Halló la Ermita abierta, y entrando en ella vio en su altar una devota imagen de aquel cándido Cordero que por la redención del género humano, lavó sus culpas con su preciosa sangre en el ara de la Cruz. Era un devotísimo crucifijo; a sus lados estaba su gloriosa Madre, concebida sin mancha de pecado original y el sagrado Apóstol que fue siempre compañero suyo en aquellas dolorosas estaciones. Hizo Lisardo oración devotamente y, al cabo de un cuarto de hora que duró en ella, se levantó a ver si por la ermita estaba el Ermitaño retirado en algún rincón della en oración, pero no le halló, y, juzgando estaría fuera, entretúvose en tanto que venía en ver por la ermita varias pinturas que había hechas de sola tinta sobre la blanca pared. La primera en que puso la vista fue, en una curiosa tarjeta pintado un hombre penitente, vestido de un saco que, pisando entre sus plantas el mundo en forma de globo, le servía de peana para subir a tener sobre sus hombros el cielo. Cerca desta pintura estaban unas letras latinas que decían:

Qui relinquit, reperit.

Y más abajo éstas en castellano:

Aunque es móvil el cimiento,
este desprecio constante
la hace ser del mundo Atlante.

En otra tarjeta correspondiente a ésta, estaba pintado otro hombre penitente con dos rostros, como pintaban los antiguos a Jano; miraba con el uno, un carnero, como los que están en los cimenterios de las Iglesias ocupados de huesos y calaveras de difuntos, y con el otro, un cielo resplandeciente. La letra latina decía así:

In pretérito & futuro.

Y la castellana:

> Para caminar seguro
> miran ¡oh Jano avisado!
> tu memoria, lo pasado;
> tu esperanza, lo futuro.

En otro óvalo estaba pintado así mismo un candelero entre unas nubes, con una luciente hacha en él, y en la tierra, el mismo penitente puesto de rodillas, saliéndosele el corazón de la boca, adornado de dos pintadas alas, subía al cielo hasta llegar a la antorcha del candelero. Decía el mote latino

Luz eterna luceat ei.

Y más abajo:

> Quien a tanta luz aspira
> le hace el fervoroso celo
> ser mariposa del cielo.

Holgóse Lisardo de ver el hieroglífico de la oración, hecho tan a propósito, y pasando los ojos a otro, vio por su inscripción, ser de la humildad. Estaba en otro óvalo pintada una palma, oprimidas las ramas della de muchos mundos. Decía así el primero mote:

Vt ascendat.

Y el segundo:

> Es el justo hermosa palma
> que cuanto humillada al suelo
> tanto crece para el cielo.

Notablemente edificaron a Lisardo, los devotos hieroglíficos, traídos tan a propósito para el provecho de un verdadero penitente, y tanto labró en la consideración, que estaba con determinación de dejar el mundo y vivir en aquel sitio.

Metido en estos pensamientos solitario estaba, cuando entró en la Iglesia el Ermitaño; fuese para él Lisardo, y, como los dos se vieron de cerca, fue tan grande la admiración, así del uno como del otro que, por un rato no se pudieron hablar. Lisardo vía ser el Ermitaño que tenía presente, no menos que su íntimo amigo don Gutierre, esposo que fue de la hermosa cuan mal lograda doña Andrea, que murió de las heridas que la dio el alevoso don Carlos, su competidor, y don Gutierre se admiraba de ver a Lisardo en aquel pobre hábito de peregrino, y en tan solitario lugar. Deseaba ya saber la causa de su venida allí. Abrazáronse estrechamente los dos amigos y entrándole el Ermitaño a un estrecho aposento, donde sobre unas tablas tenía unas pieles que le servían de lecho, le hizo sentar en un poyo y él tomó junto a él asiento, diciéndole estas razones:

—Admirado me tiene, Lisardo amigo, el haberte visto en este solitario lugar, cuando te juzgaba en tu amada patria, libre ya de tus inquietudes, con el desengaño y el escarmiento de cuán vana cosa es fiar en voluntad ninguna, aunque prometa más firmeza. No menos lo estarás tú de haberme visto en este hábito, aunque desde el día que falté de tu presencia y de la de don Félix, aunque pudieras discurrir que, quien perdió tal compañía como yo, no podría parar en otra parte que ésta, para ser un ignorante y con poco desengaño de las cosas deste mundo, que son caducas y perecederas. Ruégote amigo, por la voluntad que me debes, que me cumplirás el estado, de ahora con esto un deseo grande, que tengo de saberlo.

A Lisardo se le llenaron los ojos de lágrimas con lo que le decía su amigo, el cual viéndolo, le acompañó en enternecerse con él; quiso darle gusto en lo que le pedía, y así le hizo brevemente relación de cuanto había pasado por él, desde que dejó su compañía hasta aquel punto, diciéndole cómo se venía huyendo de la ingrata Gerarda, que dejaba en Monserrate, y con ánimo de no volver a sus ojos ni a los de sus amigos y parientes de Madrid.

El amigo le consoló con las más prudentes razones que pudo, aconsejándole que se volviese a Monserrate, cuando no por saber de raíz a qué era venida allí Gerarda y con quién, por la pena que le podía haber dado con su ausencia a su íntimo amigo don Félix que, viéndole, se determinaría a ir a buscarle y quizá, ocupando el tiempo en esto, perdería la ocasión de casarse con la hermosa doña Victoria.

Y para que se animase a hacer lo que le rogaba, afectuosamente le dijo que quería ir en su compañía, porque deseaba visitar aquel devoto santuario de Monserrate. Mucho aliento cobró Lisardo con las consolatorias razones de su amigo, y mucho más con la promesa de volverse con él a donde dejaba a don Félix, con lo cual determinaron, los dos de hacer su viaje el día adelante. Era ya hora de comer y trató el Ermitaño de regalar a Lisardo. Dióle muchas frutas que tenía y algunas yerbas cocidas, que en un pequeño cercado, vecino de la Ermita, cultivaba. con esto satisficieron los estómagos los dos. Después de haber comido se salieron a la puerta de la Ermita donde, sentados, quiso Lisardo que su amigo le diese cuenta de lo que le había sucedido después que no se había visto hasta el haberse retirado del mundo. Quiso el Ermitaño corresponder a la deuda de la relación que Lisardo le había hecho y comenzó así:

—Después ¡oh amigo Lisardo! que dejé sepultada a mi cara y amada esposa, me vine a Córdoba para saber si allí tendría alguna nueva del alevoso don Carlos, y fue tan feliz mi suerte, que informándome donde eran las casas de sus padres, me topé a sus puertas un hombre a caballo que preguntaba por don Luis, padre de don Carlos. Yo, fingiéndome criado de su casa, le dije que no estaba en casa, pero que, si le quería cosa de importancia, yo le iría a buscar y le pondría brevemente con él. Viendo el hombre en mí el agrado que le mostré, sospechó que yo debía ser el criado de quien más se fiaba, y así me lo preguntó. Yo no sé qué me profetizaba el corazón, que me movió a ser curioso con él, y así le aseguré ser yo la persona que más privaba con don Luis y a quien le gobernaba su casa y hacienda.

Visto esto me dijo:

—Pues importa que luego le deis esta, carta donde estuviere, porque aguardo a saber la resolución que toma de lo que ahí se le escribe.

Tomé la carta, y diciéndole que me esperase en el zaguán que brevemente daría la vuelta, me fui luego a leerla a la luz de la primera tienda que vi abierta. Lo que contenía era, que don Carlos escribía a su padre, dándole cuenta de la muerte de doña Andrea, no del modo que fue, sino diciéndole ser de enfermedad y por no poder parecer en su patria por lo que tenía ofendidos a sus deudos, tenía propósito de irse a Flandes a servir al Rey, y así le suplicaba le enviase dineros con que poder pasar a aquellos países y portarse en ellos como hijo suyo. Asimismo le daba aviso del lugar donde esperaba su respuesta con aquel propio, que era tres leguas de Córdoba. No aguardé a saber más y, sin detenerme un punto, me puse en camino, con un caballo que hoy es mi compañero en estas soledades y no sé cómo no ha venido donde estamos; mas presto le veréis y os ha de hacer admirar el ver en un bruto tal instinto y lealtad. Finalmente, yo llegué brevemente al lugar donde supe que estaba mi enemigo, y yéndome derecho a un mesón que solo había en él, quiso mi buena suerte que le hallase paseándose, a la puerta dél. Llamé a un muchacho que pasaba por la calle, y dándole un real de a ocho, le dije que dijese a don Carlos a quien le mostré desde lejos, que le aguardaba detrás de la Iglesia del lugar, el hombre que había enviado a Córdoba. Hízolo muy bien, agradecido al donativo, de suerte que don Carlos se fue a la parte que el muchacho le dijo. Hallóme allí y, dándome a conocer, le dije:

—Este lugar ha de ser, traidor don Carlos, donde uno de los dos ha de quedar muerto, porque yo vengo con ánimo de vengar la muerte alevosa de mi cara esposa doña Andrea.

Turbóse don Carlos comenzando a hablar por dos o tres términos sin acertar a pronunciar razón; pero, al fin, atajó esto, con un sacar la espada y yéndose para mí. Estaba dispuesto por el cielo que yo fuese el ejecutor de su muerte y castigo y así, con una punta que le alcancé por los pechos, le tendí de espaldas atravesado de parte a parte; secundé con una cuchillada que le di en la cabeza, con que, sin hablar palabra, ni aun dar muestras de contrición, le dejé muerto. Acogíme a mi caballo, arrimándole las espuelas y salíme al galope tirado del lugar. Víneme a Jaén donde di parte a mi madre y hermano de lo que había hecho, que lo sintieron mucho, porque con esta muerte, que era cierto ser yo el autor della, me perdían por algún tiempo, porque don Carlos era caballero principal, y tenía deudos que lo eran, si bien por su parte deslustraba su nobleza con sus viles acciones. Antes que saliese de Jaén, supe como en Córdoba se supo la muerte de don Carlos porque el propio volvió a su lugar, y como no le hallase en la posada, preguntó al huésped por él, y él le dijo, que en aquel punto se acababa de salir a gozar del fresco. Buscáronle los dos y hallaron el cuerpo helado y cubierto de su sangre. Alborotáronse y asimismo todo el lugar. Vino la justicia y prendió al huésped y, al propio que fue a Córdoba por orden suyo de quien supieron quien era el difunto y así llevaron el cuerpo a Córdoba, donde a pocos les pesó su muerte, según estaba mal recibido allí por su condición. Vino de la Corte un Juez allí, prendiendo mucha gente entre la cual fue preso su padre de doña Andrea, porque los parientes del difunto dijeron haber sido él muerto por su causa. Con esto me fue fuerza salir de mi patria; llegué a Barcelona con intención de pasar a Nápoles, y de allí vine a ver en el Monasterio de Monserrate su gloriosísima patrona, cuya presencia me consoló de todas mis penas. Subí a la montaña y visité en aquellas Ermitas sus penitentes moradores, donde hallé nuevos Antonios, nuevos Paulos, y Onofres; edificáronme los varios modos de penitencias que hacían, de tal suerte que, desde entonces, propuse apartarme del mundo. Esto tomé con veras, por donde veo que fue vocación del cielo, hallándome bien en este retiro donde un devoto y piadoso sacerdote, que ha edificado esta Ermita, me socorre. Yo la he adornado con los hieroglíficos y versos que habéis visto.

Esto es, amigo Lisardo, lo que ha pasado por mí, desde que me partí de vos y de don Félix. Lo que he holgado con vuestra presencia no os lo sabré significar con razones; cierto os podrá hacer desto la voluntad y amor que siempre os he tenido.

Agradecióle Lisardo el favor que le hacía y díjole cuánto le habían edificado sus hieroglíficos y que así con ellos como con verle en aquella soledad sirviendo a Dios, la habían dado impulso de quedarse a vivir con él; mas pues le mandaba otra cosa para salir del engaño en que estaba de que Gerarda vendría casada y saberlo de cierto, y asimismo por don Félix su amigo, se determinaba a obedecerle. Quedó concertado así con que se recogieron a dormir en la celda hasta la mañana.

Libro VIII

Partióse don Félix en busca de su íntimo amigo acompañado de sus criados y también de Negrete, el cual iba el más triste hombre del mundo que, como quería bien de su señor, sentía con grande afecto el haberle perdido y dudaba de que se volviese a hallar tan presto.

Quiso, pues, la buena suerte de don Félix que guiase por el mismo camino que Lisardo había ido, por el cual anduvo hasta dar a media hora de la noche en una majada de pastores guiado por una lumbre que tenían para hacer su rústica cena. Estos eran los que dieron albergue a Lisardo cuando pasó por allí. Llegaron, pues, don Félix y sus criados donde los pastores estaban y con ellos vieron un mancebo de edad de diez y seis años, vestido de color, y era el vestido verde, guarnecido de pajizo, de suerte que, en su modo, parecía paje y lo que vestía librea del dueño a quien servía. Fue don Félix recibido de aquella buena gente con mucho gusto, a quien dijo que, por ser la noche oscura y la tierra no conocida dél, se determinaba a pasar con ellos la noche, si lo tenían por bien. Respondiéronle que ellos tenían en ello mucho gusto, y que, pues la cena estaba hecha, aunque no fuese como merecía, si gustaba de ser su convidado, les haría mucho favor. Aceptó don Félix con condición de que la que él traía participasen todos. Hízose así, asando unas perdices que el cuidado de sus criados había prevenido para su regalo. Con esto cenaron todos juntos en conformidad.

Después que hubieron cenado, don Félix preguntó a los pastores si había aportado por allí un joven a pie, vestido de peregrino, dándoles las señas de la persona y traje, diciéndoles el tiempo que había que se apartó dél y de otros amigos suyos. Uno de los pastores le dijo como la persona por quien le preguntaba había poco que pasara por allí y asistiera una noche en su compañía y que, por una relación que le habían hecho de un Ermitaño que vivía cerca de allí, iba con intento de verse con él. Asimismo le dijo como había conocido en él que iba muy triste, por manifestarlo así en el semblante como con muchos suspiros que daba, por lo cual imaginaron que alguna causa le desterraba de su patria, y le hacía andar vagando por las ajenas.

Enternecióse don Félix con lo que oyó y holgóse de hallar nuevas ciertas de lo que buscaba y, para divertir la noche, preguntó a aquel mancebo que halló en compañía de los pastores que de dónde venía, que había aportado por allí. El mozo le dijo que de Barcelona con intento de ir a nuestra Señora de Monserrate por voto y, que, cumpliendo con él, le obligó a venirse por aquellas soledades el temor de ser hallado de un caballero de Barcelona, que impensadamente había topado por allí, el cual había poco tiempo que le dejaba en Madrid.

—¿Cómo se llama ese caballero —dijo don Félix—, que de Barcelona conozco algunos?

—Don Jaime de Cardona —dijo el mozo—, a quien yo he servido de paje desde que salió de Valencia hasta ahora que habrá como un mes y medio que le dejé en Madrid recién casado, y no tuvo poca suerte en el empleo que topó, que en él heredó dos mayorazgos muy ricos, así el de su esposa como el de otra prima suya que murió desgraciadamente; y si me dais licencia, pues es larga la noche, os tengo de contar el suceso por donde vino a tener esta dicha.

Don Félix le dijo que antes gustaría saberlo por entretenerse y no irse a dormir tan presto.

—Pues habéis de saber —dijo el paje—, que don Jaime, mi señor, partió de Valencia para Madrid llegando a aquella insigne villa y corte de las Majestades Católicas de los Reyes de España, y aposentóse en los barrios de San Basilio. A ocho días que habíamos llegado, de una casa de juego vecina a la nuestra, salieron dos caballeros desafiados a reñir a la calle, y fue la pendencia sobre el juzgar de una duda del juego, que el uno porfiaba y el otro que no era así, comenzáronse a acuchillar con buen aliento; mas oyendo mi amo el ruido, salió a la calle con su espada y daga, y en cuerpo se puso a ponerlos en paz. Habíanse los dos dicho palabras pesadas, que en cuestiones tales son las que más acriminan, de donde suceden heridas y muertes, y así deseaban los dos caballeros quitarse uno a otro la vida. Esto salió a atajar don Jaime diciéndole:

—Caballeros, suplícoos que os reportéis y no pase este enojo adelante, si no hay causa para que llegue a tal riesgo.

—Mejor sería —dijo el uno— que no toméis a vuestro cargo lo que no os importa sino serviros de dejarnos, que aquí averiguará cada cual lo que le toca vengándose de la queja que tuviere.

Lo mismo le dijo el otro, aun con más enfado. Bien pudiera mi dueño no haberse metido en apaciguarles, pues estaba en su casa; pero ya que llegó a ponerse en la ocasión, no pareciera bien que se dijera dél, qué intentó estorbar la pendencia y no pudo salir con ello, y así, respondiéndoles a lo que le habían dicho con aspereza, les dijo:

—Mucho siento que, cuando llego con celo de estorbaros este disgusto, me lo deis a mí con desabridas razones; yo no tengo de consentir que paséis con vuestro enfado adelante, pena de tenerme por muy cobarde si lo dejase así como deseáis, y así, o habéis de reñir los dos conmigo, o resolveros a ser mis amigos.

—Mejor nos está lo primero —dijo uno de los dos—; lo cual oído por don Jaime, como es colérico y estaba de su parte la razón en habérselo rogado comedidamente y con modestia, de que no habían hecho caso, éste plantóse con la espada contra ellos, diciéndoles:

—Desta suerte acostumbro yo a enseñar cortesía a quien no la sabe. Comenzándoles a tirar cuchilladas, que ellos reparaban en sus broqueles. Acudieron al ruido dos primos de los que reñían, y, puestos a sus lados, comenzaron contra toda razón a acuchillar a don Jaime; mas él se defendía dellos retirándose, hasta que vino a hallar cerca de una casa principal, en cuyo zaguán se entró sin volver el rostro a sus contrarios. Allí le apretaron con más aliento los cuatro de tal suerte, que le obligaron a irse retirando más, hasta entrarse en una sala baja cuya puerta halló abierta. Estaba en ella una hermosa dama en su estrado con sus criadas haciendo labor, y como viese súbitamente entrar aquella gente en su cuarto con espadas en blanco, con más ánimo que se podía esperar de su flaco sexo, dejando la autoridad de los chapines, se puso delante de don Jaime, que vio ser a quien ofendían los cuatro, y ya le tenían herido en la cabeza. Puesto como os digo, díjoles con gran enojo:

—¿Qué es esto, caballeros? ¿Usase entre los que lo son, ofender tanto a uno solo, aunque haya hecho el mayor agravio del mundo? Y cuando esto no os obligara, avergonzándoos, ¿no fuera razón tener respeto a esta casa? Que pienso que no se ignora la calidad de su dueño en la Corte.

Reportáronse los cuatro, y uno de ellos dijo:

—Perdonad, hermosa señora, que el primer ímpetu de la cólera es difícil de refrenar; confieso de mi parte que no ha habido ofensa alguna de la deste caballero contra nosotros, sino solo haber pretendido estorbar, con buen celo, y conseguídolo que yo no me vengase de quien me había disgustado: entróse a ponernos en paz y, como el deseo de la venganza no se repara en los nobles términos, ciego de la pasión, sentí que me impidiese la ejecución de ella y lo mismo pasó por mi contrario. Acudieron dos deudos nuestros, sin saber el origen de la pendencia, y pusiéronse a nuestro lado; mas ese caballero tiene tan buenas manos, que ha sabido defenderse bien habiéndome herido en este brazo izquierdo, y por eso le venía apretando.

—Aquí —respondió don Jaime— la defensa es natural en cualquiera, y así, viéndome ofender no era justo que de mi parte no hiciera lo posible por reparar el daño que me venía. A mí me pesa que no conociésedes mi intención hasta ahora, y pues yo no me he escapado libre de la pendencia, según lo manifiesta la sangre que veis en mi rostro, daré por bien empleada la que he vertido a trueque de que no vais sin hacer las amistades, si no ha habido causa de agravio de por medio.

El otro caballero que había salido a reñir, visto el comedimiento de don Jaime, mi señor, dijo:

—Por cierto, caballero; cosas más pesadas que las que originaron este disgusto puede vuestro término componer, y, pues en él no ha habido más que una porfía, de que resultaron algunas palabras leves, de mi parte me allano a ser amigo del señor don Diego.

—Yo digo lo mismo —dijo don Diego—, gustando de serlo vuestro, con condición que de los dos lo ha de ser muy de veras este caballero que nos ha puesto en paz.

—A mí me está muy bien eso —dijo don Jaime—, saliendo deste disgusto el más bien librado con el conocimiento de tales caballeros.

Abrazáronse los dos del disgusto y luego hicieron lo mismo con don Jaime, ofreciéndosele muy de veras.

A todo esto había estado muy atenta la dama, en cuyo cuarto pasaba lo que oís, y, habiendo ya cobrado sus chapines, agradeció a todos su cortesía en el haber compuesto su disgusto en su presencia, y volviéndose a don Jaime, le dijo:

—Huélgome, señor, de haber conocido en vos a un caballero de tantas prendas, que por obiar un disgusto sabe aventurar su vida, como aquí hemos visto. Paréceme que sois vecino desta casa y por obligaros a que reconozcáis algún servicio de mí, os le quiero hacer en que en ella seáis curado de esa vuestra herida, antes que os vayáis, que me pesaría fuese cosa de cuidado.

—Ninguno me lo da ahora —dijo don Jaime, si no es cómo tengo de servir tanto favor como me hacéis. Yo me doy por obligado y reconocido del ofrecimiento para tenerle en la memoria toda mi vida, pero con vuestra licencia quiero irme a la posada a curar.

Ofreciéronse los dos caballeros de los cuatro a acompañarle hasta ella, porque los otros dos se habían despedido y ido el uno dellos a curarse. Don Jaime agradeció su cortesía y queriéndose ir entró un cirujano, que la dama hizo venir allí con brevedad. Holgóse ella de que hubiese venido tan aprisa y, a sus ruegos, don Jaime se dejó ver la herida que no era cosa de cuidado; tomáronle la sangre y con los dos caballeros se fue a la posada, despidiéndose de la hermosa dama muy reconocido del favor que le había hecho, pidiéndola licencia para venir a besarle las manos, a que respondió con mucha gracia:

—Esto no ha de ser de aquí a cuatro días, que esos os suplico os estéis en la cama, que, aunque la herida no es de consideración, puede venir a serlo, haciendo poco caso della por ser en la cabeza, que desto hemos tenido grandes experiencias, y cuando no lo hagáis por vuestra salud, merezca el cuidado que ya pongo en ella que me deis gusto en esto, por ser la primera cosa que os suplico.

Esto lo dijo de suerte que no pudieron oírlo los demás. Don Jaime prometió obedecerla y así se fue a su posada con los caballeros de la pendencia que con muchos ofrecimientos de ser sus amigos se despidieron dél, y se fueron a las suyas. El día siguiente y otro estuvo don Jaime en la cama, y en el primero, por la mañana, vino un escudero de la dama con un papel suyo en que le significaba el cuidado con que le había dejado su herida, pidiéndole en él que la avisase cómo había pasado la noche. Allí supo don Jaime del escudero, ser esta señora, doncella, hija de un caballero principal que había muerto poco había; su nombre era doña Dorotea y estaba en aquella casa en compañía de una prima suya llamada doña Mayor, casada con un caballero cuyo nombre era don García.

Conoció don Félix por los nombres que el paje dijo ser esta doña Mayor la dama primera que tuvo don Leandro, la que le quiso quitar la vida en el puerto de Pajazos, viniendo ella a esta acción disfrazada de lacayuelo, y, para saber en qué había parado la historia de don Jaime, estuvo atento a la relación del paje, que prosiguió así:

Esta dama y su esposo estaban cuando sucedió lo de la pendencia, en Toledo; seis días había que fueron a unas bodas de un hermano de don García, y, por hallarse doña Dorotea indispuesta, la dejaron en compañía de una anciana dueña, que la había criado en casa de su padre, desde que su madre murió. Desde el día de la pendencia don Jaime procuró obligar a doña Dorotea con grandes asistencias, mientras duró el estar sus primos en Toledo, y ella, que se le había inclinado, le pagaba su voluntad, yendo con fin de casamiento. Vinieron sus primos, por lo cual doña Dorotea dispuso que don Jaime entrase en su casa con más recato sin ser visto de doña Mayor, y así, las más veces que no podían verse, se consolaban por papeles, siendo los terceros desta afición la dueña que la había criado y yo.

Sucedió que una fiesta que se hacía en una iglesia, a donde concurrió mucha gente, se hallaron en ella doña Mayor y su prima, y fue allá don Jaime, y, como siempre asistiese en la presencia de su dama, hubo de poner los ojos en él doña Mayor, que no debiera, porque reparando en su buen talle, que le tiene excelente este caballero, se le inclinó en aquel punto, de tal suerte, que dispuso tener modo como hablarle, y este fue pasando cerca de donde estaba y, haciendo que se le torcía un chapín, hubo de arrimarse a él y darle la mano, contento con que se ofreciese ocasión de hacerle aquel servicio para introducirse, y así le dijo:

—Huélgome, hermosa señora, de haberme hallado tan cerca que os haya servido, no de reparo desta caída que íbades a dar, sino del susto.

—De uno y otro —dijo ella— os agradezco el socorro, que de tal presencia no me podía prometer menos.

—Lo que os aseguro es —dijo don Jaime—, que en cuanto a desearos servir ya os pago ese favor que me hacéis, y así, estimaré valer de aquí adelante mucho en vuestra opinión, para que me empleéis en vuestro servicio.

Mucho se holgó doña Dorotea de la ocasión que se había ofrecido para el conocimiento de don Jaime, que deseaba se introdujera con su prima, pero estúvole mal esto, como en el discurso de la relación veréis. Asistió don Jaime a las dos primas aquella tarde lo que duró la fiesta, y, después que se entraron en su coche, se puso a caballo y las acompañó hasta dejarlas en su posada. Al apearse doña Mayor mandó a un paje que dijese a don Jaime, que se apease y entrase a verlas. Hízolo así el hombre más contento del mundo, y estuvo con ellas en visita hasta que cerró la noche. Desde entonces echó de ver doña Dorotea que su prima llevaba intención de admitir por su galán a don Jaime, así por las preguntas que le hizo de su estado y su calidad, como de otras circunstancias que pasaron, donde, el demasiado cuidado que puso en esto, manifestó a los dos amantes la afición de la dama. Fuese don Jaime prevenido de doña Mayor que acudiese a verla; prometió obedecerla el caballero, y esto hizo por lo bien que le estaba gozar de la vista de su dama. Desde aquel día se declaró doña Mayor a su prima cuán aficionada le había dejado don Jaime y cuán digno era de ser amado; esto con otras exageraciones que a doña Dorotea le pesó mucho verla tan empeñada a su prima en quererle, con que no se atrevió a desengañarla de que ella era por quien don Jaime estaba aficionado, aguardando otra ocasión mejor para declararla la voluntad que le tenía. En las ocasiones que doña Mayor alababa a don Jaime, vía en su prima su semblante severo, no conformándose con el gusto que ella tenía tratando dél, lo cual presumió que lo hacía pareciéndole mal que ella se atreviese, siendo casada, con caballero tan principal como don García, a poner los ojos en otra persona con afición, y por esto trató de allí en adelante de recatarse della, y, como viese que don Jaime, viniendo a su casa corría algún peligro así por su esposo como por su prima, de quien temía ser juzgada, trató de verse con él en casa de una amiga suya; y para esto fue avisado con un papel que se llegase allá. Obedeció don Jaime, más por no disgustarla que por tener gusto de verse con ella.

Allí le manifestó la dama sucintamente cuánto la debía, y lo mucho que le quería, y que sería muy ingrato si no conociese tal voluntad. Agradeciólo don Jaime y estimó el favor; pero excusóse con decirla que le cogía en tiempo que trataba de casarse en su tierra, y que no sentía poco que ella lo estuviese, porque, a verla doncella o viuda, ninguna fuera su esposa sino ella. Nunca don Jaime concibiera tal pensamiento en su idea, que esto fue causa del daño que sucedió. Sintió doña Mayor así la excusa de don Jaime como que tratase de casarse, y manifestó este sentimiento con lágrimas, culpándole de ingrato a tanta fe, de desconocido a tan grande amor, y que con tal escarmiento procuraría castigarse con no dejarse ver de nadie en su vida, sino pasarla en eterna clausura en su casa, pues, una vez que se había determinado a exceder de los límites de la compostura, le había salido tan caro con tan mal pago. Consideró aquí don Jaime que, si doña Mayor hacía lo que había propuesto, a él le estaba muy mal, porque carecía de ver a su dama, y así ni la dejó sin esperanza, ni la aseguró del todo que la serviría como deseaba, por tener medio tratado su empleo y ser fuerza irse luego a Barcelona.

Despidióse de doña Mayor, y luego dio aviso desto a doña Dorotea, que no lo sintió poco la hermosa dama, que estaba metida en mil confusiones, sin saber qué discurrir sobre esto. Doña Mayor se fue a su casa y, con la pena que recibió del desengaño de don Jaime, se estuvo ese día en cama, que no le fue de poco consuelo a su prima, pues pudo verse con su galán y comunicar sobre esto lo que debían hacer. Díjole don Jaime la resuelta condición de su prima y que, determinada a una cosa de su gusto, era cierto el que había de salir con ella, aunque aventurara su vida y reputación. Dióle cuenta de las heridas que hizo dar a un don Leandro su primero galán, caballero valenciano, y de otras cosas de su terrible condición, con lo cual determinaron los dos amantes que don Jaime sacase de casa de su prima a su dama y, que luego se casase con ella, y esto se determinó para de allí a cuatro días. En tanto doña Mayor solo ocupaba su memoria en don Jaime sin poder olvidarle della, ni atender a las obligaciones de quien era y del esposo que tenía.

Sucedió que un día, por descuido de doña Dorotea, se dejó por cerrar un contador donde tenía los papeles de su galán. Estaba la dama en el jardín, y, en el interín, pudo la curiosidad de doña Mayor tanto, con la ocasión de verle a cubierto, que quiso mirar lo que en él había y, topándose con los papeles, tuvo lugar de leerlos todos; en ellos vio lo que trataban y como se guardaban della. Vio asimismo que afeaba don Jaime su liviandad, y decía que procuraba entretenerla y engañarla hasta tener lugar de ser esposo de doña Dorotea, y trataba del modo que había de tener en sacarla. Lo que doña Mayor sintió al leer los papeles no es explicable, y lo que resultó dello fue, que habiéndolos vuelto a su lugar, como los había hallado, trató luego de dar veneno a su prima, considerando que ella era estorbo de que no la sirviese don Jaime. Esto puso en ejecución el siguiente día en un banquete que hizo en un jardín a cuatro amigas suyas. Llegó la ocasión de la holgura, y después la hora de la merienda, y, avisando a una criada que, en pidiendo su prima de beber, la diese el prevenido veneno, porque se fiaba en que atribuirían su muerte a haber comido mucho aquella tarde, porque no obraba la bebida hasta de allí a una hora que se había recibido; mas era llegada la hora en que esta señora pagase con su muerte las ofensas que había hecho al cielo y a su esposo permitiendo que ella pidiese primero de beber y la criada, prevenida para el veneno, se descuidase dél, y otra en su lugar se le llevase a doña Mayor. Bebió, pues, la dama, y doña Dorotea después en otro vaso. Al llevarle la bebida la criada, como viese el del veneno vacío juzgó que alguien se le había derramado y, por no hacerse culpada en su descuido, calló y procuró llevarle el vaso con agua. Atenta estuvo doña Mayor a ver beber a su prima, juzgando entre sí cuán poco término le restaba de vida, pues dentro de una hora había de perderla.

Con esto terminó la merienda, al tiempo que ya el veneno comenzaba a obrar en la descuidada doña Mayor; las bascas manifestaron luego que el dañado licor hacía su operación con violencia. Conoció esto doña Mayor y comenzó a dar voces, pidiendo confesión. Alborotáronse las damas convidadas, principalmente su inocente prima que, llegándose a ella, le comenzó a desabotonar el pecho, presumiendo que era mal del corazón. De nuevo volvió a pedir confesión doña Mayor. Vino un religioso y, confesóla a toda prisa y este sacramento se ejerció a voces contra la voluntad del confesor, manifestando en él su culpa doña Mayor, arrepentida así de ella como de las que en el discurso de su vida había cometido contra el cielo.

Llegó don García su esposo con la pena que podéis juzgar, que la quería tiernamente, y en sus brazos la llevó a su cama, donde no hubo remedio alguno, aunque se le hicieran muchos, que bastase a atajar el daño del veneno y así, en breve tiempo, rindió el espíritu dando esto admiración a toda la Corte, sin saber con certeza qué causa la había obligado a querer dar veneno a su prima, a quien tanto amor mostraba. Al cabo de los nueve días en que se hicieron sus exequias, don Jaime, mi señor, sacó a su dama de casa de don García y se desposó con ella con mucho gusto. Y para sacarle la herencia que le tocaba de doña Mayor a su esposo, hubo pleito entre los dos, porque don García era algo codicioso y no se allanaba a lo que era justicia con don Jaime. En este tiempo yo reñí con un paje, privado de mi amo, por no sé qué pesadas razones que me dijo, obligándome a darle una puñalada con que le maté. Víneme a Valencia, donde estaba mi señora doña Victoria, hermana de don Jaime, que la tiene en aquella ciudad retirada en un convento, porque se quiere casar con un caballero de Madrid; allí estuve unos días, mas, por saber que mi amo venía con su esposa, hube de dejar la ciudad viniéndome a Barcelona, donde estuve un mes desacomodado y, deseando ver el santuario de Monserrate, me puse en camino para allá donde impensadamente hallé a don. Jaime, mi señor, allí y, temiendo que no me hiciese prender por la muerte de su privado, me vine por esta parte huyendo hasta dar en la majada desta buena gente, con quien determiné pasar la noche. Esto es lo que os puedo contar de mi vida.

Mucho se holgó don Félix de oír al paje la relación que le había hecho de los amores de don Jaime y de que estuviese en Monserrate, y, en aquella ocasión, estimara haber hallado a su amigo Lisardo para volver a Barcelona y tratar de su casamiento, luego, con el tío de su dama, que ya le juzgaba convalecido de su enfermedad. En esto se retiraron a reposar lo que faltaba de la noche en la cabaña de los pastores hasta la mañana en que esperaba hallar a Lisardo, por las nuevas que dél habían dado.

La hermosa Aurora comenzaba a desterrar las confusas sombras de la noche y las aves a manifestar con alegres salvas su deseada venida, cuando a la cabaña de los pastores llegaron Lisardo y el Ermitaño su amigo, que no quiso pasar sin verles. Salieron todos muy alegres á recibirles y aumentóseles el gusto con la presencia del Ermitaño, a quien veneraban todos.

Dijo uno a Lisardo como allí estaba un caballero con tres criados, que les había preguntado por él dándoles las ciertas señas de su persona, y que iba en su busca. Luego presumió Lisardo, que no podía ser otro sino don Félix, y al punto se apeó, y se fue donde estaba reposando, con cuya vista, don Félix recibió suma alegría; no menos la tuvo Negrete que, como si viera a su señor restituido de la muerte a la vida, le abrazaba por las rodillas dándole mil besos en los pies, pagándole en abrazos Lisardo finezas de tanta lealtad, que era grande la que le tenía. Allí se hablaron don Félix y el Ermitaño, admirado el caballero de verle en aquel pobre hábito y con la resolución tan firme de vivir en aquellas soledades. Dio cuenta don Félix a sus dos amigos de lo que pasó en Monserrate, después de la venida de Lisardo, con que se desengañó el celoso caballero de que Gerarda, no solo no le había ofendido con quien presumía, sino que era ejemplo de honestas y firmes matronas. Díjole don Félix la determinación con que estaba de que sería su esposa con mucho gusto de su hermano, con que Lisardo estaba loco de contento deseando verse en la presencia de su querida Gerarda. Con esto se pusieron a caballo tomando el camino de Monserrate, donde llegaron esa noche a aquel insigne convento. En él estuvieron dos días y al tercero llegaron en busca suya don Leandro, don Lorenzo, don Lope y don Rodrigo como tenían concertado, con cuya vista se holgaron mucho don Félix y Lisardo, pagándoles este contento con tenerlos ellos en su presencia, en particular don Rodrigo, muy pagado de la persona de Lisardo, teniendo por dichosa a su hermana, en haber hecho tan buena elección de esposo.

Supieron allí como don Jaime era partido a Barcelona, que no se holgó poco el paje que le llevaba consigo don Félix, en no hallarle allí. Determinaron, pues, partirse todos a Barcelona y llevarse consigo al Ermitaño, mas no se pudo acabar con él, y así se volvió a su solitaria vida, prometiéndoles encomendar a Dios, como fiel amigo, todos sus buenos sucesos. Todos se enternecieron con él a la despedida. Y con esto pusiéronse los seis amigos en camino, yendo don Rodrigo contentísimo de llevar a su hermana a su deseado Lisardo.

Ya el contento daba permisiones a Negrete para que manifestase el suyo con sus jocosos versos y así le dijo don Lorenzo:

—Negrete amigo; en ningún tiempo viene mejor el manifestar tus gracias que en éste, que esperamos tenerle muy regocijado con las bodas de tu señor; comienza pues a solemnizarlas y a entretener el camino con algo bueno.

—Bien hiciste —dijo Negrete—, en anticiparos a mandármelo, que ya estaba cerca de reventar si lo dilatárades muy poco tiempo, que nuestros trabajos y pesadumbres nos tenían muy carisesgos, sin conocer ya a la alegría, y así, pues es tiempo della y sin pedir licencia, me la tomo para cantaros un romance que hice a una dama muy circunspecta que, estando desnuda para bañarse en el Manzanares, recatándose con cuidado de que nadie la viese, descubrió a un viejo que, con codiciosa vista, aguardaba desnudo a que se entrase en el agua para hacer él lo mismo.

—No se le niegue —dijo don Leandro que el asunto es excelente.

—Ello dirá —dijo Negrete.

Y tomando lugar para ser bien oído prorrumpió así:

Laura, aquel sujeto que es
   motivo de mis asuntos,
   imán de las voluntades
   de lo mozo y lo caduco,
érase, pues, esta moza
   más fruncida que un repulgo
   más tiesa que un confiado
   y más derecha que un chuzo.
En lo grave y melindroso
   con extraño afecto puso
   el non plus ultra que Alcides
   contra buscones del mundo.
Fue un desengaño de amantes
   con entendimiento culto;
   ved que en breve os he pintado
   sus claros y sus oscuros.

Contra llanezas del trato
　tuvo libros de conjuro,
　y así jamás le faltó
　de su boca el abrenuncio;
que en el trono de su idea
　penaba por estatutos
　al respecto sin chapines
　y al decoro sin pantuflos.
Ser objeto de la plebe
　era su mortal disgusto
　porque a todo lo trivial
　dio libelo de repudio.
Quiso imitar por lo intacta
　de las reliquias el uso
　asistiendo entre viriles,
　mas por el nombre se abstuvo.
A esta deidad de la legua
　profanar el calor pudo,
　de virgen lo sotanado,
　que hay calores furibundos.
Flamante río estimara
　por la gracia de un diluvio
　cuando estaba Manzanares
　hecho poco para muchos.
Andaba falto de plata,
　como hay premio, y por lo sucio
　la suya trueca a vellón
　entre las ovas y el musgo.
Ajustada con sus tachas
　ya que al baño se dispuso:
　estancia remota elige
　de populares concursos.
Hecha un lince su cuidado
　con quien Argos fuera un zurdo

registrar pudo la selva
que no ha pisado coturno.
Hasta el viento con las hojas
quisiera tenerle mudo
que se ofende su recato
de su atrevido murmureo.
Del vestido se despoja
tan asustada, que dudo,
si a estarlo en medio de Jaca
tuviera mayor el susto.
Quitando hojaldres de naguas
hasta el velo más oculto,
tal se quedó que pudiera
apostárselas a un junco.
¡Oh, cuánto suples adorno
con tu cuerdo disimulo;
los novios te lo agradezcan
a quien se la das de puño!
Al fin era nuestra Laura
un casi invisible bulto,
una langosta con alma
era una alma en cañuto.
Depuesto el velo que cubre
de una almarada el trasunto,
atenta la vista esparce
por si es mirada de alguno.
Más inquieta que ruidosa
vio que amparaba un saúco
anciana edad, que la atiende
con juveniles impulsos.
Nuño de charquillos era
que en posesión de caduco
se promete en el pecar
esperanzas de porjunto.

¿Qué esperáis, Nuño salido,
si para el campo del gusto
está el vigor en el Cairo
y la potencia en el Cuzco?
Para amorosos empleos
¿no veis trocados los cursos
y que, el albañar de Venus,
es ya de piedras conducto?
Que vengáis a hacer milagros
con la intención dificulto,
pues solamente Moisén
sacó de la piedra jugo.
No pretendáis siendo enero
hacer finezas de julio,
que toda nieve con piedra
es de la escarcha prenuncio.
Dejad, dejad esa empresa
para vigores robustos,
pues siempre os halláis doblón
con virginales escudos.
Laura en verle se desmaya,
y por lombriz la vinculo
en el serrallo del cieno
que aun no merece el del Turco.

Todos gustaron mucho del romance, alabáronsele, con que Negrete se obligó a entretenerles hasta Barcelona, haciéndolo así, a donde llegaron brevemente.

Con suma alegría fueron recibidos de las dos damas. Decir el contento que Lisardo pasó con la suya, sería dilatar más este volumen, a quererlo explicar. Tratóse luego de sus bodas y asimismo de las de don Leandro, disponiendo las cosas necesarias para ellas.

En este tiempo no estaba ocioso don Félix, que ya había hablado secretamente con don Hugo, tío de doña Victoria, sobre su empleo, y él, viendo ser caballero tan calificado y rico y cuán bien le estaba a su sobrina el tenerle por esposo, acabó con don Jaime que se hiciese el casamiento, disponiendo él que se viesen los dos. Hiciéronse las amistades y trató don Jaime de que su tío fuese por su hermana a Valencia, de donde la trajo en término de quince días. Saliéronla a recibir doña Laura y Gerarda, que ya posaban en casa de don Jaime, holgándose mucho la recién venida dama con sus presencias, informada antes de quién eran. Don Félix estaba loco de contento con las bodas que esperaba presto término de sus enamorados deseos. Con esto concertaron los tres amigos, Lisardo, don Félix y don Leandro que sus bodas se hiciesen juntas de ahí a diez días. Para el señalado término quiso don Lope ser mantenedor de una sortija, eligiendo por su ayudante a don Rodrigo, hermano de la hermosa Gerarda. Previniéronse los caballeros de Barcelona, para entrar en ella, de costosas y lucidas galas.

Cuatro días antes del señalado, a media hora que había llegado la noche, salieron de casa de don Hugo, donde posaban, don Lope, don Lorenzo y don Rodrigo, veinte caballeros de máscara con lucidas libreas y hachas blancas; iban de dos en dos en conformes parejas; delante dellos un paje vestido costosa y ricamente de encarnado y de plata, con muchas plumas de colores; éste llevaba un rodela dorada en que venía fijado el cartel. Los últimos de la máscara eran el mantenedor y su ayudante, con las mismas libreas que los demás. Fijóse el cartel en las puertas del Palacio de Visorey con mucha música de atabales, trompetas y chirimías y grande cantidad de fuegos. Pasaron la carrera los caballeros en iguales parejas muchas veces a la vista de la Virreina y de todas las damas de Barcelona, con que se acabó la fiesta. Lo que el cartel contenía era esto:

CARTEL
El Caballero Cupido defiende que no hay mayor fineza en el amante que, servir a su dama sin esperanza de premio, y, para regocijo destas bodas, sigue esta opinión contra todos los caballeros que la contradijeren defendiéndola él y su ayudante con costosos premios que señala el que mejor corriere con más gala y destreza tres lanzas, siendo las condiciones del cartel éstas:

1. Primera Condición es, que el que primero se presentare en la tela, gane premio por ser puntual en el regocijo de las damas a quien se pretende servir.

2. Segunda, que le gane también el que saliere más galán y buen bridón.

3. Tercera, que también le llevará la mejor lanza.

4. Cuarta, el que más ingeniosa letra sacare.

Serán jueces don Hugo de Moneada y don Dalmau Cervellón.

El Caballero Cupido.

Las prevenciones que en el corto tiempo que había desde que se fijó el cartel hasta el señalado día de la fiesta, fueron muchas, desvelándose los caballeros mozos en sacar favores de sus damas, en maquinar letras, en prevenir invenciones, en sacar costosas libreas.

Llegó el deseado día, que era domingo de Carnestolendas, así para los novios como para los que habían de gozar de la fiesta, y habiéndose hecho las velaciones en la capilla del Palacio del Visorey, fueron padrinos dellos los Virreyes, por cuya fiesta quiso hacerles a todos aquel día un costoso banquete, en que mostró el Virrey su liberalidad y magnificencia. Acabada la comida, los caballeros del regocijo se fueron a vestir para él, y las damas, acompañadas de la Virreina, salieron en coches hasta el carrer ample donde estaban prevenidos los balcones para todas, tablado para los jueces y tela para la sortija.

Media hora había que esperaban el principio del regocijo, cuando el lucido mantenedor hizo su entrada desta suerte: sacó delante de sí doce trompetas con libreas de nácar, morado y plata; detrás destos iban diez padrinos de dos en dos, con vestidos a la francesa de lama encarnada, cuajados de pasamanos de plata y seda morada, penachos grandes destos tres colores. Siguiéndoles, venían el Mantenedor y su ayudante, vestidos asimismo de franceses, con botas de rodillera, blancas plumas y aderezos de espada, blancos todos. Iban delante veinte lacayos, vestidos de lo mismo que los trompetas. Rematábase la entrada con un costoso y lucido carro en que venía el dios Cupido en un trono que se formaba sobre doce gradas; a sus pies traía al interés por trofeo, y por las gradas esparcidas muchas joyas y piezas de riquísimos brocados y telas. Al emparejar con el tablado en que estaban los Jueces, y el sitio de las damas, que estaban en un paraje, bajó por lo alto de un terrado una artificiosa nube haciéndole la salva muchos juegos de acordados menestriles. Abrióse encima del trono donde estaba el dios de amor, dividida en dos partes; dentro della venían seis Ninfas riquísimamente vestidas, cada una con su instrumento en las manos a cuyo son cantaron en acertadas voces estos versos:

> Hoy a los pies de Cupido
>   va postrado el interés,
>   que amor, fundado en amar,
>   es víspera del vencer.
> Desnudo, sin flecha y arco,
>   en la palestra se ve,
>   porque a desnudo atribuyan
>   el premio de merecer.
> Sin afecto de ambición
>   holladas tiene a sus pies
>   riquezas que hacen espuria
>   la más legítima fe.
> Quien sirviere con deseos
>   que excedan al bien querer,
>   duda espere en la opinión,
>   y certeza en el desdén.
> Ame sin que espere premio
>   que amor, rico mercader,
>   si se ayuda de esperanzas,
>   nunca tiene el trato en pie.
> Más sus méritos realza,
>   según fueros de su ley,
>   quien de finezas se vale,
>   olvidado del poder.
> Premio espere el fino amante;
>   damas, escarmiento os dé,
>   ver a Dafne y Anaxarte,

una piedra, otra laurel.

Habiendo cantado este romance, se volvió la nube por la parte que había venido, mereciendo el aplauso de todos la extraordinaria invención. Presentó un padrino la tarjeta en que traía pintado al mismo dios de amor, venciendo al interés, y esta letra en ella:

Hoy triunfa del interés,
    quien su fineza mayor
    funda en amor, por amor.

En la tarjeta de don Rodrigo venían pintadas dos manos trabadas, y la Envidia en lo alto, con una espada, que procuraba dividirlas, y, la letra decía más abajo de la pintura, así:

Hija del Ángel soberbio,
    mal podrá tu indignación
    dividir tan firme unión.

Ocuparon el puesto, que era una hermosa tienda de campaña donde, apeándose de sus bizarros caballos, les dieron sillas, en que se sentasen ellos y sus padrinos, aguardando en ellas la entrada del primer aventurero, que era don Cotaldo, un caballero catalán, mozo, y enamorado. Traía seis trompetas delante, vestidos de leonado y plata; ocho lacayos con la misma librea, seis padrinos con vestidos de raso leonado, bordados de plata escarchada. Don Cotaldo venía con un vaquero de tabí leonado, cuajado de pasamanos y alamares de plata; montera de cuatro faldillas, con un penacho de plumas blancas. Oprimía los lomos de un caballo picazo, aderezado con gireles de lo mismo que su librea. Luego entró, tras este acompañamiento un carro, en que se fundaba un monte con sus árboles, y por él divididos algunos animales y fieras. En lo bajo del monte venía durmiendo sobre la menuda yerba el pastor Endimión, vestido con un pellico de tela azul, calzones, polainas y caperuza de lo mismo; reclinaba su cabeza sobre un zurrón de nutria guarnecido con cordones de oro. Al emparejar con el puesto de los Jueces, de lo alto del monte, se apareció entre unas nubes la Luna cercada de plateados rayos, la cual, al son de muchos menestriles, y después de acordes y suaves voces, bajó al sitio donde el descuidado pastorcillo dormía y abrazándole, le besó en una de sus mejillas y, retirándose a una peña, fue llevada de rapto a lo más alto del carro, con tanta presteza, que casi no la pudieron prevenir los circunstantes. La tarjeta que don Cotaldo presentó, fue esto mismo que venía en el carro, pintado en ella y por letra:

> El sueño venció al desvelo
> en la nocturna pelea;
> mas no borró de la idea
> la imagen de vuestro cielo.

Pasó la tela, y poniéndose luego a caballo el Mantenedor, le fue dada una lanza, la cual corrió con suma destreza y gallardía. Lo mismo hizo el Venturero, y así las segundas y terceras; pero por la condición del cartel, perdió el Mantenedor el premio, y se le dieron a don Cotaldo, el cual se la ofreció a la hermosa Gerarda.

Previnieron luego todos atención para la entrada del segundo Venturero, que era don Jaime. Sacó ocho trompetas delante, vestidos de verde y plata; doce lacayos con las mismas libreas y seis padrinos vestidos de lama verde y oro, guarnecidos de costosa guarnición de canutillo de plata. Don Jaime salió a la Española, con un vestido de tela verde y oro, cuajado en arpón del pasamanos de plata, de ondas, sombrero blanco, coronado de muchas plumas verdes y blancas. Oprimía el lomo de un caballo rucio rodado, de gentil presencia y mejores obras, aderezado con gireles de la misma tela que el vestido. Detrás de sí llevaba un carro, en que iba un jardín formado con sus cuadros y fuentes que le hermoseaban; junto a una fuente iba la diosa Venus sentada entre las flores, de un compuesto cuadro. En sus faldas tenía el mancebo Adonis durmiendo: detrás estaba el dios Marte acechándoles, encubierto con las ramas de los árboles, y junto a él la envidia, crinada la cabeza de culebras, como la pinta Virgilio en el sexto libro de las Eneidas. Esto mismo llevaba pintado en la tarjeta, que un padrino de don Jaime presentó a los jueces, y en ella vieron esta letra:

No goza seguro empleo
el más dichoso,
sin pensión de un envidioso.

No dio lugar a correr las tres lanzas la entrada de otro venturero, que era un caballero valenciano llamado don Guillén: venía con cuatro trompetas y ocho lacayos, vestidos de negro y plata, con muchas plumas blancas y negras. Entró con doce padrinos, vestidos de raso negro, bordados los vestidos de plata escarchada, y cuajados de lentejuela de plata, que hacían lustrosos rizos. Don Guillén entró con vaquero de cuatro mangas, era de raso negro bordado de cifras coronadas del nombre de su dama, que era muy bizarra, natural de Barcelona, con quien pretendía casarse. Por invención sacó el Paladión de Troya, en cuyo monstruoso vientre se oía rumor de guerra: esto mismo pintó en la tarjeta que presentó un padrino, y la letra decía:

Tal vez para vencer,
la industria vale más que no el poder.

Esta letra sacó por tener en la pretensión opositores poderosos, y él esperaba, por la industria, acabar más que ellos con muchos bienes de fortuna.

Con don Jaime corrió don Rodrigo, ayudante de don Lope. Perdió premio, ganándosele don Jaime, que fue una firmeza de diamantes, que presentó a doña Victoria su hermana.

Previnose luego don Lope para correr con don Guillén, y en las dos primeras lanzas no se conoció ventaja de una a otra parte, al parecer de los jueces; mas en las terceras le ganó el premio el Mantenedor, y diósele a doña Lucrecia, prima del que le perdió. En la quinta entrada metió don Jorge, el competidor de don Félix, ocho trompetas, y veinte lacayos, vestidos de nácar y plata, sembrados los vestidos de espejuelos ochavados,

197

que brillaban notablemente. Tras estos entraron diez y seis padrinos, con vestidos de tabí de plata y nácar, guarnecidos de negro y plata, que lucían mucho; y fue la más costosa y lucida librea que salió. Iba don Jorge vestido a lo Romano, con una cota de tabí nácar y plata, bordada con gurbiones de plata y seda negra, con muchas cifras de M M, dando a entender para con doña Victoria, que tenía dama, cuyo nombre comenzaba en esta letra. Sacó por invención la puerta del infierno, en un carro, despidiendo grande cantidad de fuego artificial, que aunque de presente amenazaba con daño, no le hacía a nadie. A esta puerta estaba el Trifauce Cancerbero guardándola, y Orfeo junto a él, que procuraba, con lo dulce de su lira, amansar la ferocidad de aquel infernal monstruo, por sacar a su esposa del infierno. En lo alto del carro, en sitio eminente, se vían Plutón y Proserpina, que atentos escuchaban la voz del Tracio amante. La letra era escrita en la invención que sacó:

A la lira, a. la voz y al blando ruego,
la fiereza se humana y rinde el fuego.

Apenas se dejó tomar puesto el sexto Venturero, que entró con solo un sonoro clarín delante y cuatro lacayos, de dorado verde y plata. Acompañábanle dos padrinos solamente, vestidos como soldados, de dorado, verde y plata, con plumas de los tres colores. Luego le seguía el Venturero, que era don Grao, un caballero Catalán: traía un vestido de raso de oro, dorado y negro, guarnecido de pasamanos de plata y alamares de lo mismo; traía una banda blanca que le atravesaba el pecho, aderezo de espada y daga plateado, sombrero de fieltro blanco, con plumas blancas, doradas y negras. Entró sin lanza en la tela, porque llevaba un bastón de General, por convenir con su invención, que era llevar detrás de sí doce cautivos Turcos, vestidos con albornoces y marlotas de grana, guarnecidos de alamares de plata; en los bonetes muchas plumas blancas y carmesíes; traían todos herrados los rostros, y a los cuellos argollas, y virotes de plata. En la tarjeta traía esta misma invención pintada, arrodillados los cautivos delante de una hermosa dama, y esta letra:

Estos cautivos sin fe,
hoy a presentarte viene
el que en tu amor la mantiene.

Presentóse en la tela, después de don Grao, don Gastón que quiso entrar antes que comenzasen a correr. Sacó seis trompetas y doce lacayos de azul y plata, seis padrinos vestidos de tela azul y plata, con muchas plumas blancas, y don Gastón con un vaquero de tela rica, azul y plata cuajado de alamares de muchas memorias que cubrían todo el campo del vaquero, y en una montera de cuatro faldillas, un hermoso penacho de plumas azules y blancas. Por invención llevaba un carro, en que venía, por la parte anterior, un ameno jardín, y por la posterior, una boca de infierno, echando gran copia de llamas. En la tarjeta, traía lo mismo, y por letra:

Con el desdén o el favor
andan siempre mis desvelos,
del infierno de los celos
al paraíso de amor.

Alabaron todos la invención y la letra, con que se dio principio al correr. Cúpole la suerte a don Jorge correr con don Rodrigo, que le ganó el premio, y ofrecíósele a doña Laura. Era un Cupido de rubíes. El segundo que corrió fue don Grao. Ganó a don Lope premio; diósele a doña Dorotea, esposa de don Jaime.

El tercero, fue don Gastón, que corrió con el Mantenedor, y ganóle también un premio que era gruesa sarta de perlas: presentóla a la hermosa Gerarda.

En esto ya el luminoso planeta doraba los límites del Occidente, apresurando curso para dar su luz a los Antípodas, con que tuvo fin la regocijada fiesta, Llenóse la calle de luces, dividiéronse los caballeros, unos en acompañar a los Virreyes y otros a los novios. En casa de don Jaime, hubo esa noche sarao donde se hallaron todos los caballeros y damas de Barcelona.

Acabóse tarde, dando lugar a que los novios gozasen el merecido premio de sus deseos. Y quince días después de las bodas, partieron don Félix

199

y Lisardo de Barcelona para Madrid y don Leandro a Valencia. A los caballeros de Madrid acompañaron don Lope y don Lorenzo, que deseaban ver la Corte, a donde llegaron en breve tiempo y vivieron en ella contentos con sus esposas y con dilatada sucesión, que tuvieron en ellas, con que el Autor da fin a este volumen deseando que salga a gusto de los lectores, para animarse a sacar a luz la Huerta de Valencia y el Coche de las estafas, que saldrán con brevedad, siendo Dios servido.

LAUS DEO

Impreso con licencia en Valencia, por Juan Crisóstomo Gárriz. Año 1629.

Libros a la carta

A la carta es un servicio especializado para
empresas,
librerías,
bibliotecas,
editoriales
y centros de enseñanza;
y permite confeccionar libros que, por su formato y concepción, sirven a los propósitos más específicos de estas instituciones.

Las empresas nos encargan ediciones personalizadas para marketing editorial o para regalos institucionales. Y los interesados solicitan, a título personal, ediciones antiguas, o no disponibles en el mercado; y las acompañan con notas y comentarios críticos.

Las ediciones tienen como apoyo un libro de estilo con todo tipo de referencias sobre los criterios de tratamiento tipográfico aplicados a nuestros libros que puede ser consultado en Linkgua-ediciones.com.

Linkgua edita por encargo diferentes versiones de una misma obra con distintos tratamientos ortotipográficos (actualizaciones de carácter divulgativo de un clásico, o versiones estrictamente fieles a la edición original de referencia).

Este servicio de ediciones a la carta le permitirá, si usted se dedica a la enseñanza, tener una forma de hacer pública su interpretación de un texto y, sobre una versión digitalizada «base», usted podrá introducir interpretaciones del texto fuente. Es un tópico que los profesores denuncien en clase los desmanes de una edición, o vayan comentando errores de interpretación de un texto y esta es una solución útil a esa necesidad del mundo académico.

Asimismo publicamos de manera sistemática, en un mismo catálogo, tesis doctorales y actas de congresos académicos, que son distribuidas a través de nuestra Web.

El servicio de «libros a la carta» funciona de dos formas.

1. Tenemos un fondo de libros digitalizados que usted puede personalizar en tiradas de al menos cinco ejemplares. Estas personalizaciones pueden ser de todo tipo: añadir notas de clase para uso de un grupo de

estudiantes, introducir logos corporativos para uso con fines de marketing empresarial, etc. etc.

2. Buscamos libros descatalogados de otras editoriales y los reeditamos en tiradas cortas a petición de un cliente.

www.ingramcontent.com/pod-product-compliance
Lightning Source LLC
Chambersburg PA
CBHW030120260626
47156CB00008B/2730